文芸社セレクション

ひとひらばなし

永井 杏

NAGAI An

文芸社

もくじ

ひとひらばなし

1　幼い日の記憶

ある日、母と幼い私が伯母の家にいると一軒置いて隣の牛を飼っているモーの小母さんがやってきた。帰り際に私に「モーを見に来るかね?」と声をかけてくれた。「うん、行く」と喜んで私はモーの小母さんと手を繋いで歩き出した。

薄暗い牛小屋に入ると、牛はまるで小山のように大きく見えた。白黒のホルスタイン種ではなくてこげ茶色だったような気がする。私はそんなに大きな生き物を見るのは初めてだった。ポカンと口を開けたまま、いつまでもいつまでもボーッと牛を見続けた。小母さんは「ちょっと、母屋に行ってくるでね。ここに居てね」と牛小屋から出て行った。しばらくしても、小母さんは戻らなかった。

南側の庭の方を見ると明るい光が躍っていて、おいでおいでと誘っていた。私はフラフラと光に誘われ庭に出て行った。すると庭の生け垣の切れ間から細い道が見えた。「そうだ、昔の道だ。伯母さんの家に行くことが出来るんだ」「行ってみよう」と思ったかどうか定かでないが、前に一度通った細い裏道に出てみた。小さな私の姿は生け垣に隠れてすっかり見えなくなった。

古い道は細長いS字のように曲がっていて伯母さんの家の生け垣に続いていた。それを確認すると安心して空を見上げた。青い空は細い道の反対側の土手下から伸びている青竹の葉が茂って少ししか見えなかった。道は竹に覆われて薄暗くひんやりしていた。今度は土手の下の竹藪を覗いて見た。土手は三、四メートルあっただろうか。柔らかそうな土手から太くて青い竹がすくすくと生えている。その気持ち良さそうなこと。風が吹くと空に伸びた竹の葉が揺れてざわざわと音をたてた。

私はしばらくの間、放心状態のようにボーッとしていた。

どこかで「おーい、おーい」と声がした。「おーい、おーい」と呼んでいる。はっとして顔を上げると伯母さんが「動いていかんよ」と静かだけど厳しい声で言うのと同時だった。次の瞬間には伯母さんに抱かれて母の腕に渡されていた。

皆は私がいなくなったと、大騒ぎをしていたのだった。母にしっかりと叱られた。責任を感じて青ざめていたモーの小母さんに「ごめんなさい」と謝ったのは言うまでもない。それから小母さんは二度とモーを見においでとは言ってくれなかった。

三、四歳だった私は六十年経った今でも、一人になると時々ボーッとして時の経つのを忘れている。

2 まずい水

「うわあー、まずい！　何、これ？」水道の蛇口から出た水を一口飲んだ時の第一声だ。愛知用水の佐布里調整池の工事を祖父に連れられて見に行ったりしていた。そこからの水が台所の蛇口からいよいよ出るという日、家族全員で見守った。

父は「すぐに慣れるわ」と言ったが、私は心の中で「こんなにまずいものにすぐに慣れる訳がないわ」と強く思った。ご飯やお茶もこれで作るのかと思うとがっかりだった。

私の家には深い井戸があり、湧水をモーターで汲み上げて蛇口から出るようにしてあった。それで余計にカルキ臭く感じたかも。

農家なので水不足は深刻で畑にはそれぞれに小さなため池や井戸が作ってあった。それでも日照りが続くととても足らないことがあった。そのため、大人たちの愛知用水に対する期待の大きさは子供だった私たちにも伝わっていた。だからまずいと言ったものの後の言葉は、口には出せず飲み込んだ。

昭和三十六年九月に人々の期待と夢を一身に受けて、愛知用水は木曽川の水を知多半島に通水した。農工業の発展に貢献し、安全な飲料水をもたらした。

私の心の思いと裏腹にまずい水に慣れるのにそんなに大した時間はかからず、やがて気にならなくなった。

3　初めての遠足

幼い頃の私は、病弱で体も小さく、いつも一つ二つ年下に見られていた。そんな私が保育園で初めての遠足に行くことになった。春の遠足は松林のある公園へ歩いて行くというものだった。距離は一・五キロ位だと思う。

遠足の日の朝、母が渡してくれたお弁当箱を何も思わずにリュックに入れて喜んで出かけた。私の通っていた保育園では、給食は給食室の小母さんがおかずを作ってくれた。後は各自で白いご飯をアルミのお弁当箱に詰めて持ってきて一緒に食べるのが決まりだった。

頑張って歩いて、お腹はペコペコになった。松の木の木陰で一緒に食べようと仲良しのみなちゃんとお弁当の包みを開いたその時。いじめっ子のとし君が私のお弁当箱を見つけた。「今日も弁当箱か、オレなんか遠足だからおにぎりなんだぞ！」とし君がそう言うと、周りの皆も「僕もおにぎり！」「私もおにぎり！」と言った。意地悪なとし君は「弁当箱、弁当箱、やーい、やーい」とはやし立てた。私は悲しくなって、涙が零れてしまった。「お母さんはどうしてこんなものを持たせてくれたんだろう」と恨みがましく思った。

するど、隣で見ていたみなちゃんが立ち上がり「あんたたち、意地悪はやめなさい！」と大声で言ってくれた。そして「早く食べよう、お腹空いちゃった」とおにぎりをぱくりと食べた。私も気を取り直し、お弁当箱の蓋を開けた。そこには花が咲くように色とりどりのちらし寿司が入っていた。錦糸卵に桜でんぶ、紅生姜にきゅうりの千切りもあった。小食の私に合わせて量は少なくしてあった。

みなちゃんが「まあ、綺麗だね！　とし君、このお弁当箱見てごらん」とまた大きな声で言ってくれた。すると皆が集まってきて「綺麗だね、綺麗なお寿司だね〜」と大騒ぎになった。意地悪だったとし君なんて、「さっきはごめんね」と謝ってくれた。今泣いたカラスがもう笑ったとばかりに私はにこにこになって笑った。

帰り道は保育園まで帰って解散することになっていた。でも松林の公園は私の家の先にあったので、また戻るのは大変と母は許可を貰い私を途中まで迎えに来ていた。皆が行ってしまうと母に背負われた。今思うと過保護ではないかと思えるが、それだけ私が弱く、次の日が心配だったのだろう。

私が皆と一緒に歩いて遠足に行くということが、母にとってどれほどの喜びだったことか。それだから、忙しく慌ただしい中、早起きしてちらし寿司を作ってくれたのだろう。

早くに亡くなった母の年齢を越えてから、私は昔のことを思い出し感謝している。人一倍手をかけて育ててもらいながら、親孝行らしいことは余り出来なかったと思うから。

そういえば、今日は母の日だった。

4　夏の日の思い出

「そおーっと近づいて、上からぱっと押さえて捕まえるんだぞ」「ほら、そこにいるからやってみやー」「うん、解った」「そうそう、上手いもんだ」「危ないから、膝より深い所には行ってはいかんぞ」そう言い残すと父は網のようなものを持って深い方へどんどん行ってしまった。

私は、海音貝と呼ぶかたつむりを大きくしたような貝を捕まえるのに夢中になっていた。貝は浅瀬の砂の上を殻の周りに足をひらひらさせてゆっくり泳いでいた。周りを見渡すとあちこちに沢山いる。大人の握りこぶしくらいの大きさで、私が手のひらを広げて何とか持てるくらいだった。小学一年生だった私が楽に捕まえられるのだから、少しドンくさい貝だと思った。夏休みのある日、父が海に行くから一緒に行くからと言うので付いていきた。

私が飽きたころに父は戻ってきて、大きな袋に一杯の海音貝を車に積んで帰った。家では祖父が喜んで待っていた。この貝は祖父の好物だった。「生姜溜で食べるとうまいぞ」と言っていた。残念ながら食べるのは食べたと思うのだがどんな味とか、美味しかったかどうかという覚えはさっぱりない。

そんなことをテレビを見ながら思い出していた。美浜町の特産物として、アサリを食べる海音貝を使ったカレーを売り出したと言う。砂を吐かせるのが大変と言っていた。私が昔、海で捕まえたあの海音貝である。子供の頃、父とどこかへ行ったとか、何かをしたという覚えが余りない私にとって、それは数少ない心温まる記憶だった。

真夏のギラギラした日差しに照りつけられたコンクリートの堤防を、一人の男と麦わら帽子を被った小さな女の子が荷物を持って、陽炎の中を並んで歩いて行く。

そんな風景が思い出された。

5　テリーの話

小学生の頃、学校帰りに子犬を貰ってきたことがあった。白い体に黒い耳と鼻、そして空のような青い瞳。素敵に綺麗な子犬にテリーと名前を付けた。毎日学校から帰るとテリーと遊んで近所の友達に見せて回った。可愛いテリーが自慢で仕方なかった。

ところが、一年近く経ってくると、テリーの体のそこら中から黒い毛が生えてきた。ブチならブチで可愛いが、テリーの黒い毛は炭か何かで汚したように身体中にバラバラと生えたのだった。綺麗なものが何よりも好きだった私は、テリーの見た目の変化にがっかりしてしまった。

極め付けは、隣の男の子に「なんだ、この犬汚いなあ」と言われたことだった。急にテリーがみすぼらしくてつまらないものに思えてきた。私はテリーの世話を怠けて遊びに行くようになった。母に注意されても、小屋の前で鎖に繋がれて座ってこちらを見つめ続けている青い瞳を正視しなかった。そんな日が幾日も幾日も続いてテリーの心は折れてしまった。食事を取らなくなってしまったのだ。

次の日、学校から帰るとテリーはもう小屋には居なかった。

何週間か何ヶ月か経ったある日、私はテリーにどうしても会いたくなって、貰われていった家にのこのこと様子を見に行った。畑の中の一軒家の広い庭にテリーは放し飼いになっていた。垣根の陰から「テリー」と呼んでみた。ピクッと耳を動かして、私に気がつくと転がるように走ってきて飛びついた。それからペロペロと大喜びで私の顔を舐めるのだった。「このまま家に連れて帰ろう」身勝手にも私はそう思い、テリーを農道を通って舗装路の方へ連れ出した。しかし、舗装路の所まで来るとテリーはきちんとお座りをして青空のような瞳で、私の顔をじっと見つめるのだった。そして、いくら呼んでも付いてこようとはしなかった。

そのうちに一軒家の方で「ジョン、ジョン」と呼ぶ男の子の声がした。テリーは私の顔と声のする方を代わる代わる見つめて、声の方へ歩き出した。もう一度「ジョン」と呼ばれると、一度振り返って声の方へ走って行った。

私は、くるっと踵を返すと一目散に走り出した。声も出さないのに涙が頬を流れた。テリーの瞳は何も変わっていなかった。私がきちんと見ていなかっただけなのだ。もう決して許してもらえないのだ。上辺ばかり見ていた自分を悔やんだ。そして、罪悪感だけが胸の奥に残った。

私は二度と犬を飼わなかった。犬好きの夫と結婚して、犬の世話をきちんとしてあげて、代々の犬と仲良しになった。だけど、それらは夫の犬であって私の犬ではなかった。それぞれの犬は私を信用してくれ、温かい愛情を示してくれた。犬たちと散歩しながら、四季の移ろいを感じて楽しんだ。それでも私の心の片隅には、あの青い瞳があるのだった。

追伸
その後のテリーは、男の子に可愛がられ、空き巣を吠えて追っ払ったことで一軒家の人たちに益々大事にされて、天寿を全うしたと風の便りに聞くことが出来た。犬としては幸せな一生だったことが、私にとってせめてもの救いだったと思う。

6　スキーの思い出

十八歳の冬、初めてスキーに出合った。四歳年上の兄が、岐阜県の舟山高原へ連れて行ってくれたのだ。広い雪原のゲレンデにわくわくした。

長い板の扱いに困ったり、少しの斜面を横向きに歩くのも難しかった。でもゲレンデを覚えたてのボーゲンで滑り下りると顔に風が当たり、周りの景色が後ろに飛んで行った。左右に曲がることも出来るようになった。楽しくて、楽しくて仕方なかった。

その頃のレンタルスキーセットの靴はまだ革製だった。革は雪に濡れると湿って冷たく、重くなったが、そんなことを忘れてしまうほどスキーは魅力的ですっかり夢中になった。

当時の舟山高原には、リフトも何基かあったけれど、緩斜面をロープに掴まってスキー板を滑らせて登って行くものがあった。なかなか面白くて何度も滑った。

私が、結婚するまでに三、四回兄と一緒に行った。後は友人と行ったり、専門学校のスキー旅行もあったので、上達してパラレルで滑れるようになっていた。

夫もスキーが好きだったから、子供たちが少し大きくなるとお正月は毎年、二日からスキー場で過ごした。

最後にゲレンデに立ったのはいつだったのだろう？
今ではスキーよりも温泉に浸かりたいと思う私だ。

7　舞台

夏の服飾専門学校の昼下がり。私を始めクラスの一握りの生徒は教室で腐っていた。他の背が高くスタイルがまあまあの人たちは、大きなホールの舞台を歩いているからだ。本物のモデルの人と一緒に衣装を付けて出演しているのだ。私たちは、お互いの背の低さを愚痴りあい慰めあった。

それから半年ほど経ったある日。東京から校長先生をお招きして、学校の講堂で自作の服を着てファションショーをお見せすることになった。身長は関係なく全員参加のものだった。

作品には正直自信があった。藍色のティアードスカートのワンピース。前身頃と後ろ身頃が肩の所で紐で結ぶようになっていて、ブラウジングして着る凝ったデザイン。少しでもすらっと見えるように八センチのヒールのサンダルを履いた。

一本の線の上を背筋を伸ばして歩いた。舞台の中央、前方で思い切ってつま先立ちでターンした。ギャザーのたっぷり入ったティアードスカートの裾がふわっと広がって場内から歓声が起こった。「あなたがせめてあと十センチ背が高かったらねえ」と言われたが、校長賞を頂くことが出来た。

卒業して間もなく結婚したので、最初で最後の卒業記念の舞台だった。

8　隠居のお爺さん

祖父は相当な変わり者だった。

うちは農家なのに、祖父が田畑に行ったところは見たことがなかった。皆が忙しく働いている時、祖父は家で子守をしていた。

普段は農家のだだっ広い庭の一角を「お爺さんの庭」と称して色々な庭木を植えたり、石を並べたり、積んで灯篭を作ったりしていた。蝙蝠蘭や石斛、鷺草など一風変わった植物が好きなようだった。松や海棠の盆栽も並んでいた。真ん中には形の良い松の木と大きな牡丹があり苔むした小道が作ってあった。

庭に居ない時は、隠居所の軒下で「根っ骨」と呼ぶ、木の根の腐りかけた物をワイヤーブラシで掃除して、芯の固い所だけ残した物を磨いていた。これに細工して、花台や花器や置物にすることに熱中していた。祖父は自由気ままに好きなことをして暮らしているように見えた。

祖父は趣味の人だった。

午後の三時頃になると、奥の部屋の火鉢で湯を沸かし抹茶をたてて飲んでいた。時々、私もお相伴になった。お茶菓子を食べていたから甘党だったのかも？　抹茶は時折、町のお茶屋へ自転車で買いに行っていた。風流や粋なことを何より好んでいた。

小学生の頃、祖父が田畑に行かないのを不思議に思い母と祖母に聞いてみた。二人とも「お爺さんはね、四十二歳の時凄く高い所から落ちて、もう少しで死んじゃうところだったんだよ。畑には行かないけど倉庫を直したり、屋根を修理したり、庭の草取りをしたり、家のためになることをしておいでるからいいんだよ」と同じ返事だった。私は妙に納得した。

祖父は白髪頭に眉も白かった。背はそれほど高くなかったが、腰は真っ直ぐで背中が少し丸くなっていた。頑固者らしく眼光鋭く、ちょっぴり怖かった。それでも私のことはお気に入りだったらしく、幼い日には祖父の友人の家に連れて行かれることもしばしばだった。

私は余り人見知りする方ではなかったし、祖父が「根っ骨」を差し出し「これは何に見える？」となぞなぞみたいな問いかけをする度に「龍」「犬」「梟」と上手く答えたからだろう。本当にそう見えたので良かった。

変わり者の頑固者だったのだろうが、私には面白くて、珍しく変わった物を見せてくれる存在だった。七十八歳で亡くなる時には一ヶ月ほど寝込んだだけで静かに息を引き取ってしまった。私は、一度もお見舞いに行けなかったことが心残りだった。

このエッセーを書いている間、色々な思い出が泉のように湧き上がってきた。そしてまた、祖父に会えたような気がした。

9 香りの思い出

母と伯母の家に行った帰り、夜道を歩いていると急に良い匂いがした。辺りを見回すと梅の花が満開になっていた。母は「桜も良いけど梅の匂いが好き」と言っていた。梅は花の香りもいいけれど実が実って梅干しを漬ける時、追熟させると何とも言えないほど甘酸っぱい匂いがする。私もその匂いがとても好きで深呼吸をしたものだった。また、梅酒の香りも良いものだ。

三十四年前に亡くなった母との思い出には、色々な花とその香りが付いてくる。母は花の好きな人だった。田舎の小さな町に生まれ、同じ町の父の家に嫁いだ。どこにでもいる農家のおばさんだった。畑の隅にカラーや薔薇やグラジオラスを植えて、花が咲くと学校に持たせてくれた。その時、危ないからと棘を鋏で丁寧に切ってくれた。

匂いというと、母はくちなしの花の香りが一番好きと言っていた。家の生垣の角の所がくちなしの木になっていて、梅雨空になる頃には芳香を漂わせていた。このくちなしは、ぽってりとした花びらが薔薇のように八重咲きで毎年沢山の花を付けていた。

くちなしの花の香りをかぐと祖父が手入れした懐かしい庭と三世代で暮らしたあの古い家と母の優しい笑顔を思い出す。

10　武勇伝

「お酒」と聞いて、まず思い浮かべるのは、夫と私の二人の父親のことである。二人とも、旗を立てているような酒飲みだった。昔のこととはいえ、武勇伝には事欠かなかったらしい。幸いにも夫は、そういうところは、似なかったようで、晩酌はするものの、缶ビール一、二本と親たちに比べれば可愛いものだ。

そう言う私はというと、若い頃は会社の女友達とパブに飲みに繰り出したりしていた。何回か行くうちに、「私は親に似て飲める口なのだ」と妙な自信が出て来た頃だった。

ある日、友達と飲んで帰る電車の中で、凄く蒸し暑く感じて、スプリングコートを脱いだところまでは覚えている。気がついたら、駅のベンチで横になっていた。友達が「死んじゃったかと思った」と引きつった顔で見つめていた。どこの誰かも知らない男の人が「車で家まで送ってあげる」と言っていた。友達と二人で「もう、大丈夫ですから、次の電車で帰ります」と丁寧にお断りした。友達がいなかったら、本当に私はどうなっていたんだろう？　それに意識がなくなるとか、気を失うということは、なんという恐ろしいことか。自分で自分が解らないのだから。私はこのことに懲りてしまって、それからずっと、お酒の席に出ることがあっても、ほんの少し一口二口飲む程度にしていた。

それが最近になって、夫が、酒類を控えたりして冷蔵庫のビールが、邪魔になってきた。片づけるつもりで一本ずつ飲みだした。いい気分でテレビを見ていたつもりが、いつの間にか熟睡していた。目が覚めたらテレビは真っ暗で、部屋には私一人取り残されていた。誰もいないシーンと静まり返ったキッチンで夜中の一時に茶碗を洗った……その侘しさと虚しさは何とも言えないものだった。

これからは気を付けよう。
お酒はほどほどに、流しは早く片付けよう。

11　母の笑顔

最近、鏡をよく見る。メイクした顔ではなく、すっぴんの顔を見るのである。血色の悪い顔に薄い眉、小さい目、こじんまりとした鼻、少し厚めの唇、そんなものが並んでいる。

私の記憶にある母の顔とは全然似ていない。

母は日に焼けた浅黒い顔でくるくる動く丸い目をしていた。そして、鼻ぺちゃで大きな口でよく笑っていた。母にとって私は、苦労して育てた大事な娘だった。「結婚する前に、二人だけで旅行にいこうね」と言っていた。だけど私は友人と旅行に出かけ、結婚しすぐに子供が三人生まれた。

子供たちが保育園に通っていた頃、母は肝臓を患い入院した。それほど重篤ではないと思っていた私は「退院したらお父さんとのんびりしたら」などと呑気な事を言っていた。ところが入院して四ヶ月目の日、あっけなく母は亡くなってしまった。

母が亡くなり二十五年ほど経った頃、お盆の迎え火を焚きに行った時の墓地からの帰り道、真っ暗な雑木林の裸電球の下で突然、「あれっ、玉ちゃん」と大声で呼び止められた。

「そんなはずないね。玉ちゃんは、ずっと前に死んじゃったよねえ」

私はびっくりして、どこか見覚えがあるようなないようなその人に、「私は娘です」と説明した。その人は私が母にそっくりで、なつかしくて声をかけたと言われるのだった。

それから、しばらくして従姉妹会という会があった。久しぶりに会った従姉妹たちは口々に私が母にそっくりになったと言うのだ。

後ろ姿や斜めから見ると特に似ていると言う。

去年街を歩いている時、友達に呼ばれて振り返ると、向かい側のショーウインドーの中に笑顔の母がいた。一瞬、ドキッとした。一つ一つのパーツは確かに違うのに、表情とか仕草がそっくりなのだ。最近では、そういう時には母が見守っていると思い「私は元気だよ」と微笑むことにしている。そして、今では母の亡くなった年齢よりも年とった私なのです。

12 夕立

「我慢してね！　じっとしてね！　動いちゃだめだよ！」大声で叫んだが、雨の音にかき消された。三人の子供たちが、下手に動いてリフトから落ちたら大変だと心配した。特に下の二人は小学校の低学年だ。

三十年ほど前の夏休み、家族で白樺高原へ旅行に行った。ホテルの目の前のリフトに乗って展望台のある山頂に登った。そこでは、ポニーの乗馬体験が出来るようになっていた。

動物好きの子供たちは乗りたいと言って聞かなかった。しばらくすると、急に天気が変わり、雲行きが怪しくなってきた。山から下りるように何とか説き伏せた。真っ黒い雲が出てきた。急いで下りようとした途端に夕立に襲われた。

リフトに乗った後である。どうしようもない。当たると少し痛いくらいの大粒の雨に十五分ほど濡れるがままになり、下着までずぶ濡れになった。夏でも寒くなってガタガタ震えた。永遠に麓に着かないかと思えた。

やっと着くとホテルの玄関前に従業員の人が、バスタオルを山ほど抱えて待っていてくれた。仕事とはいえ、行き届いた心配りに感激した。有り難く思えた。

後で考えれば、濡れ鼠を中に入れないためだったかもしれないが、地獄に仏とはこういうことだと思った。

13　私の弱点

子供たちが小学生の頃、栄のテレビ塔に行った。展望台に登ってみようと言うと長男が外階段を見つけて「僕、階段で行く」と言う。すると次男や三男まで階段で行くと言い出した。二人はまだ低学年だった。

見ると階段は梯子のようになっていて下が丸見えだ。私は内心焦った。何とかエレベーターで行くようにあの手この手を駆使したが三人共聞く耳を持たない。もう最後には、「途中で怖くて、泣こうが喚こうが、お母さんは助けに行けないからね」「どうしても行けないからね」と変な宣言をした。

階段を上る子供たちを見送ってエレベーターに乗ると途中、窓から子供たちの様子が見えた。元気に上っているが顔は引きつっている。その顔を見た瞬間、私の脚が震え背筋が凍った。何故子供たちだけで行かせたのか？　心の底から後悔した。展望台で子供たちの顔を見るまで生きた心地がしなかった。

「全然平気だよ」と言っていたが、さすがに懲りたらしく帰りはエレベーターで下りた。

家に帰った後は「お母さん、本当は階段が怖いんでしょ」とからかわれてしまった。私の弱点はバレバレになっていた。私は高い所が怖いのだ。テレビ塔の外階段なんて見ただけで脚が震えて気が遠くなりそうだった。

四国に旅行に行った時も、祖谷のかずら橋を怖くて渡れなかった。ツアーの中で私一人だった。房総半島の鋸山の地獄覗きなどは土台の所に乗るのも脚が震えゾワーとした。勿論、覗くことなどとんでもない。五稜郭の展望タワーの床が所々硝子になっていて下が見えるのがゾミゾミして近くに寄れなかった。

最近思うに、真下が見えるのが一番怖い。それに揺れたりすると足がすくんで動けないし、腰が抜けそうだ。年を取ったから酷くなった訳ではない。昔からそうだった。それなら上手に付き合うしかないと思っている。

山に登った時は足元をしっかり見ていた。そして、ここなら大丈夫という所に登った時に遠くをゆっくり眺めた。足の下に地面があればよほどは大丈夫だった。

それならば、なるべく高い所には行かないようにすれば良いものを、展望台に上がるのは楽しくて好きなのだった。

これも怖い物見たさというものだろうか？

14　スキー旅行

ＧＷは、どこへも出かけなかった。昔は今ほど連休では無かったし、どこへ行っても渋滞なので店の駐車場でバドミントンや卓球をした。子供たちが小学生の頃のことだ。

エッセーを書くようになって、色々思いを巡らすとあの頃のことがすぐに思い出される。夫も私もそれぞれ店をやっていたので、休みが一緒になるのはお盆かお正月だけだった。

お盆休みには、三重県の長島のプールに行くのが決まりのようだった。三人の子供たちは、泳ぎが大好きだったし、色々な滑り台を滑るのが楽しくて仕方ない様子だった。

お正月休みには、二日からスキー旅行に出かけた。一番最初は、平湯温泉スキー場に行った。手取り足取り教えにかかると次男が「もう、やだ。やりたくない」と宣言した。ところが長男と三男は、やる気満々だ。次男に「じゃあ、どうするの？」と聞くとホテルの部屋でテレビを見ていると言う。どうしてもやらないと言う。これには本当に困った。仕方ないので部屋に次男を閉じ込めて、私たちが帰るまで絶対にドアを開けてはいけないと言って聞かせた。まだもっと滑っていると言う長男と三男を言いくるめ、早めに部屋に帰ると次男は何食わぬ顔をしてテレビを見ていた。親の心配どこ吹く風である。

次の日になると昨日の頑なな態度はどこへやら。「やっぱり、今日は滑ってみるわ」と言い出す始末。夫は「道具を借りてあげるのだから」と懇々と言って聞かせた。夫の説教が効いたのか、性根を入れ替えたのか、その日は真面目に練習した。そのかいあって三人共ボーゲンらしきものが出来るようになった。そうなれば、面白くなってくる。しかし、親の方はバテバテになり、次回からはスキー教室に入れることにした。

その成果があったのか、中学や高校生の頃にはパラレルらしきもので親子五人が滑れるようになった。あれは野沢温泉スキー場だったと思うが、その日の最後に一番上のゲレンデまで上がり、一列になって滑り降りた。白銀のゲレンデに五人のシュプールが弧を描いていた。西の空が少し茜色に染まっていて、皆のシルエットを映し出していた。この絵のような風景は子供たちの成長の証のようで凄く感激したことを覚えている。

最近になって思い出すと「たまの休みによくあんなことしていたなあ」と思うのだが、あの頃が一番忙しくて、楽しくて、充実していたのだと思う。

今では毎日が日曜日である。趣味や旅行、ジム通いにボランティア、友達とのおしゃべりも新鮮に感じる。

当たり前と思う人もいるかも知れないが、私はとても幸せだと感じている。「おかげさま」という言葉がある。本当にその通りだと思うこの頃である。

15　カレー曜日

二十五年ほど前、私は七十二席ある喫茶店を経営し、厨房で働いていた。お洒落で華やかな雰囲気の喫茶店だけど、厨房は全くの別物で、火と油と汗の戦場だった。私は悪戦苦闘した。

思い切って気分転換しようと思った。もやもやを発散するためにスイミングスクールに通うことにした。息子たちが通う教室には丁度、土曜日の夕方に成人のクラスがあった。土曜日の午後なら店は開店休業状態だったから人に頼める。

通い始めてみると、くたくたに疲れるが気分は高揚し、冬でも体がぽかぽかになった。コーチの言われることに集中して余分なことは全て忘れた。泳ぎばかりではなく器具を使って水遊びのようなことや飛び込みの練習もした。平泳ぎでは五十メートルも泳げるようになった。十年ほど続けた。

この楽しい教室に通うために土曜日の晩御飯を簡単なカレーライスにした。家族は皆カレーライスが好きなので文句は出なかった。教室に出かける前に一鍋煮てサラダの材料を洗って冷蔵庫に入れた。土曜日はカレー曜日になった。

今でもカレーライスを作っていると「あれ、今日はカレー曜日なの?」と言う誰かの声が聞こえる。

16 『じぶんの花を』相田みつを　～看よ双眼のいろ～

随分前に発行された書、言葉の本である。

相田さんの他の本もいくつか読んだが、この本の中にある〈あのねぇ　自分にエンジンをかけるのは　自分自身だ　からね〉という言葉に妙に納得した。若い頃、ふらふらと当てもなく過ごしていた私がある日突然やる気になり、前向きに生活することになったのが当てはまったからだろう。しかし、それだけではなく、当たり前ともいえる言葉の数々が心に沁みてくるような感覚になる。また作者特有の味わい深い書体も独特の口調と相まって時に力強く、また、時にしみじみと語りかけて来るようだった。

なかでも、「憂い」の中にある〈君　看よ　双眼のいろ　語らざれば憂い無きに似たり〉という昔の人の詩を読み、私は古い知人のことを思い出した。確かにあの時、あの方はこういう眼をされたのだった。

二十五年位前、私が喫茶店をやっていた頃、Fさんは店の出入り業者のご隠居であり、店の常連さんでもあった。ある日、いつものように世間話をしていると、急に「あのね、私はねシベリアにいたんですよ」と言い出された。私は咄嗟に何のことか理解できず「どうしてそんな所にいたんですか」とトンチンカンなことを言ってしまった。「あのね、抑留されていたんですよ」と言われ、ハッと気づいた。私の知識は随分前に新聞か何かで読んだぐらいのものだったが、大変なご苦労をされたということは理解することが出来た。慌てて「大変でしたねえ、よくご無事で戻られましたねえ、よかったですねえ」と言ってしまった。その「よかったですねえ」が何と軽々しく空しく響いた事か……。

Fさんが何故、そんな話を戦後生まれの私などに言い出されたのかは解らなかったけれど、戦後生まれの者がそういう事実を知っているのかどうか聞いてみたかったのかも知れないし、誰かに話したくなっただけかも知れない。ただ、その後、「もう、こんな話はやめましょう」と、自分から言い出したのに、話を打ち切ってしまった。私なんかに話しても解らないと思われたのか、同情されたくないと思ったのか、そうして、正にそういう眼をされた。口元は微笑んでいるのだが眼は笑っていなかった。灰色がかった茶色の瞳には、悲しみが湛えられていた。

普段、ピシッと折り目の入ったズボンを履き、ほっそりとした身体つきで、白髪交じりの髪を七三に分けているお洒落なFさんは、極寒の地での強制労働とはとても結びつかない方だった。私などには想像を絶する正に生死の境、筆舌に尽くしがたいことだったに違いない。この詩を読んだ時、その時のFさんの瞳を思い出したのだった。

憂いがないのではありません
悲しみがないのでもありません
語らないだけなんです
語れないほどふかい憂いだからです
語れないほど重い悲しみだからです

ずっと後になって聞いたところ、Fさんは抑留中に最初の奥さんを亡くされたそうで、美人で優しかった彼女の話を聞いてほしかったのだそうだ。

その話をした時のFさんの瞳は優しさに溢れていた。

17　白い世界

初めての北海道は、雪で真っ白だった。空も白、地面も白、地平線も白くて曖昧だった。その白い空間に白い雪が絶え間なく降っていた。

霧の摩周湖は雪と霧で何も見えず、添乗員さんは「晴れていれば、こちらの眼下に摩周湖が見えます」と苦し紛れのように案内した。オシンコシンの滝などは、カチンコチンに凍っていてコチンコチンの滝だった。網走刑務所に着いたときには、雪と風が物凄くいくら罪を犯したとしても、こんな所には入れられたくないと強く思った。

何も、好き好んで極寒の北海道に行った訳ではない。まだ若かったとき、夫の取引先の招待旅行がたまたま二人分あったのだった。思い切って三泊四日の旅行に行くことにした。

旅行の目玉である砕氷船で流氷の海を進むのに憧れた。「砕氷船おーろら号」って凄く素敵だと思った。網走港から出港してオホーツク海に乗り出し、ぐるっと回って帰って来るだけだけどドキドキした。平らな流氷が押し寄せて来ていた。所々、氷と氷がぶつかって盛り上がっていた。流氷に乗ってオジロワシやアザラシが来ることもあるそうだ。砕氷船は舳先が特別頑丈で氷に乗り上げて自重で流氷を割りながら突き進む。私は急いで船首の上の展望デッキに上がった。ガリガリ、バリバリと音が聞こえ、まるで私自身が氷を割って進んでいるようだった。ドコンドコンと割れた氷が船に当たる音も聞こえた。風がまともに吹き付けた。

毛糸の帽子を耳まで被って、マフラーを口元まで巻いていたが睫毛が凍った。セーターの上にフリースのジャケットと裏にボアの付いたコートを着込んでいた。スキー用の手袋と足元はスノトレで固めていた。夫はちゃっかり息子のダウンジャケットを着込んでいた。

この旅行で一番寒かったのは、知床のホテルで泊まった夜のことだった。人工的にオーロラを作って見せてくれるショーがあると聞いて二人で喜んで出かけた。海岸縁の広い雪原に他のホテルの宿泊客の人たちも沢山立って待っていた。じーっと立っていた。雪は風と共に左手から吹き付けた。三十分以上は待っていたと思う。皆、左半分が雪像になっていた。雪だるまの集団みたいだった。じっーとしているので、余計に寒さが身に染みた。その挙げ句に機械の調子が悪くショーは中止になった。がっくりだった。

帰り道、土産物屋の店先で初めてクリオネを見た。氷の妖精クリオネは流氷の下にいて流氷と共にやって来るという。手「?」らしきものをパタパタやって泳いでいる姿は本当に可愛らしい。一、二センチの小さな貝の仲間だ。まさに流氷の天使。ところが後で息子に聞いたところ、食事をする時のクリオネはグロテスク極まりないらしい。「イメージが壊れるから見ない方がいいよ」と言われた。

話を寒いことに戻して、私の記憶の中であのオーロラを待つ間が後にも先にも一番寒かった。それでも、私たちはスキー場の経験から服装が揃っていたので何とか凌げた。中には、案内状に親切丁寧に説明してあったにも関わらず街中に出かけるような服装の人たちがいた。薄手のコートやハンチング帽は保温の効果はあまり期待できない。本当に凍えそうな様子が気の毒になり、心配になったが、どうする訳にもいかない。きっと風邪をひいてしまったに違いない。

真っ白で寒かった旅行だったけれど流氷の海を割りながら進むのは素晴らしく楽しかった。雪原の丹頂鶴や屈斜路湖の白鳥は優雅だったし、可愛いクリオネも見ることが出来た。それから、北海道の旅行は食事が美味しいのがなによりだった。

平成八年(一九九六)二月の旅。

18　夫の弁当

　二十五年ほど前、子供たちが高校、中学生の頃のこと。テーブルの上にお弁当を並べて粗熱を取っていると夫がやって来て、「美味しそうだね～、ついでに僕の分も作って」と簡単に言った。そんなこと言っても家は男の子三人だから結構大変なのだ。「何言ってるの？」と言おうとして慌てて止めた。

　夫の家は以前、牛乳屋をやっていたと聞いたことを思い出した。朝が早くて忙しい商売だ。きっとお弁当なんてあまり作ってもらっていないのだろうと気がついた。

「いいよ、ついでに作るわ」と言ってしまっていた。

　さあ、それからが大変。男の子用の四つの大きなお弁当箱を一杯にするには、晩御飯かと思うほどおかずが必要だった。それでも、だんだん要領が良くなって、冷凍食品を一品使ったり、前の晩の煮物を多く作って取り分けて置いたり、揚げ物の衣を付けて置いたりと工夫した。

　だけど、それぞれに好き嫌いがあるし、卵焼きを作っても一切れずつになってしまう。夫の弁当に子供のものをそのままというのも芸がないように思えた。一年半位頑張ったけど、しんどくなってしまったので訳を話して夫の分だけ止めることにした。

しばらくぶりに夫のスーパーの店に行った時にパートさんに会った。パートさんはニコニコ笑いながら「嬉しそうにお弁当を食べてみえましたよ。豆腐屋さんのお兄ちゃんに自慢してましたよ」と言うではないか。もう止めたとは言えずに帰ってきた。

そんなに嬉しかったのだろうか？　簡単に止めたりしなければ良かったのに。また作ってあげようか？　色々な思いが渦巻いたが結局、そのまま夫の弁当は終わりになった。夫も短い間だったけどお弁当を作ってもらったことに納得したようで、それからは何も言わなかった。大きな子供は卒業したようだった。

19　私の梅

「この三本の木に生《な》っている梅はねえ、好きなだけちぎってええよ。あんたの梅だでね」と親切に兄は言ってくれた。だけど私の料理の本に載っているのは四キロの梅の梅干しの漬け方だった。そんなに沢山貰ってもどうしようもない。

早くに母も祖母も亡くなっている。身近に教えてもらう人もなく、本の分量どおりに作れば食べられるだろうという考えだった。酢の物の苦手な三男が「お弁当に梅干しを毎日入れてくれん？」と言うので、自分で作ろうと思い立った。

「誰か欲しい人にあげりゃあいいがね」と兄が言ってくれるので、梅の実の生りの良い年は梅干しの分と別に梅酒の四本分を取って、後は近所の人に配った。

生りの良くない年でも梅干しと梅酒を漬けるには十分だった。無農薬なのでそばかすのようなものがあり、器量が悪く売り物にはならない。その分安全で皆に喜んでもらった。十五年ほど漬けただろうか？　ここ数年は梅の生りが悪くなっていた。

去年の春に兄が「まあ、あの梅の木はだめだわ、幹に悪い虫が入ってねえ、枯れるかもしれんわ」と言った。

梅干しの好きな三男が一人暮らしを始めた。夫も梅酒を飲まなくなった。

丁度良い塩梅なのかも。

20　おしょろいさん

七月十三日は新盆で仏壇に真菰を敷き、茄子で牛を作って飾る。何故か、婚家は牛だけできゅうりの馬は作らない。そして茄子の牛にえのころ草の穂の尻尾を付ける。それが何とも言えず可愛くておかしい。実家の祖母と義母は同じような文句を唱えて（おしょろいさん）と呼ぶ祖先の霊をもてなしていた。子供心にも面白い話だと思ったが、行事を忘れずに伝えていくためのものだと思った。

実家は禅宗の臨済宗、婚家は同じく禅宗だが曹洞宗なので少し違うのだが、話の筋は全く同じようだった。我が家のお盆、おしょろいさんのおもてなしを紹介しよう。

まず、棚経と言ってお坊様が各家を回りお経をあげる。

十三日の夕方、薄板と麻からの箸を並べて直径八センチ程の皿に迎え団子を用意する。夜になるとお墓の前で小さな火を焚いておしょろいさんを迎える。なるべく道に迷わないように真っすぐ家に帰ること。お墓にどうしてもいけない場合は家の前で火を焚く。

十四日の朝食はご飯に五色の煮物。（これは五種類の野菜の煮物で、なるべく季節を先取りする野菜や厚揚げなどを用意する。十六ささげを入れること。）

午前中にお寺でお施餓鬼のお経がある。

昼はぶんど粥にキュウリ揉み。（昔はぶんどと言う豆があったが今はないので白粥にする。）夜はご飯に五色の煮物。（朝の煮物とは野菜を一種類変える。）

おしょろいさんは八坂神社にお買い出しに行かれるので夜食にちらし寿司を食べられる〈子供の頃、八坂神社で何を買うのか不思議に思い祖母に聞いたのだが、笑っているだけだった〉。

十五日の朝は、夕べ夜遅くまで出歩いたので朝ご飯はお休み〈これはもっともらしいと思った〉。昼は暑いので冷やそうめんに冷やスイカ。夜はご馳走ばかりでは娑婆に未練が残るので送り団子に生茄子、生味噌。

〈ちらし寿司はご馳走らしいと思った。素麺にスイカがご馳走なのは変だと思ったが昔はそんな物だったのかなあ。それにしても生茄子、生味噌は可哀想〉

三日間はあっという間に過ぎて夜には家の前で火を焚いておしょろいさんを見送る。以上がおもてなしの仕方です。

近年では仕事を持つ人が増え、この通り行うことは難しくなってきていると思う。それでも、長い年月脈々と伝わってきたどことなくユーモラスで温かいお盆の行事を頭から否定せずに、ご先祖様たち、ひいては親や家族を大切にする行事と捉えていきたいと思っている。

21　尾瀬ケ原の夜

平成二十一年（二〇〇九）六月初旬、尾瀬ケ原にハイキングに行った。雪を冠った山を背景に川の流れで群生して咲いている水芭蕉が、どうしても見てみたくなったのだ。そう、『夏の思い出』に歌われている尾瀬なのだ。しかし、山小屋に泊まるには少しばかりの勇気が必要だった。山小屋だから風呂はないというし、登山をする知人は「山小屋の布団は汚くて、全身が入る布袋に入って寝た」と言う。迷った。だけど、あの風景の中に入りたいという気持ちには勝てなかった。

いざ行ってみると風呂はあった。ただし、水質保全のため、シャンプー、せっけん等は一切使用禁止。尾瀬に入る時も靴の底を水で洗って拭ってから入った。植物の種を持ち込まないようにということだ。そしてトイレが有料というのも初めての経験だった。料金は汚物の処理費用になるという。それから、恐れていた布団は真っ白なシーツがついていて、毛布も清潔な物だった。

一安心した山小屋で、素敵な夜を過ごした。オカリナを生徒に教えているという方がご一緒だった。『コンドルは飛んでいく』をマチュピチュで演奏するために行ってきたと言われ、小さなオカリナを持参されていた。そしてその場でミニコンサートが始まった。オカリナの音色に連れられて私たちも南米の空中都市の上を飛んでいるかのようだった。その日見て回った尾瀬の自然にもオカリナの素朴な音色はとても合っていて、殺風景な山小屋の部屋はたちまち温かい空気に包まれた。一夜限りの出会いの人たちは、一人一人自己紹介したり、皆が知っている曲を合唱したりして、和やかなひと時は瞬く間に過ぎていった。

ひたすら歩いてたどり着いた尾瀬ケ原。昔見た写真の風景は何も変わっていない。山は「至仏山」川は「下ノ大堀」というのだそうだ。水芭蕉は、歌の通りに咲いていた。

美しい自然の営みを大切にするために、多少の不便を厭わない。そういった気持ちが自分自身の中にもあることが解って嬉しかった。そして、そういう人々の温かい気持ちがこの美しい自然を守っているのだと気づいた。柔らかなオカリナの音色と自身の体験は、私の記憶に深く残ることになった。

私は、安心感と疲れと耳に残っている心地よい響きでぐっすりと眠った。

22 憧れの美ヶ原

やはり、台風の予想進路は、東海地方に真っ直ぐ向かっている。残念だが仕方ない。これでは山は大荒れの天気だ。今度の土曜日は、美ヶ原にバスハイキングに行く予定だったがキャンセルにした。

美ヶ原には六、七年前にも行ったのだが、その時もあいにくの曇り空だった。なだらかに広がる草原や牧場に放牧されている牛たちの様子は楽しめたし、「美しの塔」にも行けたけれど、周りに広がる大パノラマは何も見えなかった。それどころか7～8キロのハイキングコースの目的地である王ヶ頭がもうすぐという所まで来て、少し前から降っていた雨に加え霧が濃くなってきた。ちょっとトイレに行っている間に1～2メートル先が見えなくなってしまった。近くに霧ヶ峰という所があるだけに霧が多いのだという。私は凄く不安になってしまい、夫と手を繋ぎ細い木道を来た方へ戻って行った。

美ヶ原は車で中央道の岡谷インターを降りて、北へビーナスラインを通って行く。名古屋から三時間半位の所にある高原だ。標高二千メートル程の所に広がっているため、夏でも気温はおよそ二十度と涼しい。レインスーツ（雨合羽）を着ても苦にはならないが、リュックから出して着たり脱いだりするのはやはり大変だ。天気が良ければ、青い空に白い雲その下に柔らかに広がる草原、そして咲き乱れる高山植物の花々とまさに「美ヶ原」なのだ。それからこの高原の地の果ての「王ヶ鼻」という所まで行って、そこに立って眼下に広がる松本市街や遥かに乗鞍岳、御嶽山、八ヶ岳など三千メートル級の山並みを三百六十度のパノラマで眺めてみたかった……。

あの日の残念な気持ちを取り戻そうと、今回また行くことにしたのだった。梅雨明けも早く今度こそはと思ったのにがっかりだ。それでも、また来年、チャンスがあれば是非行きたい。

23　夏の忘れ物

空には羽衣のような雲が広がって、涼やかな風が私の麦わら帽子を飛ばした。足元の草原にはえのころ草の穂が白くなって揺れている。

何時になく突然にやってきた夏の終わり。

夏に疲れた身体に優しい風が吹く。今年の夏は暑かった。夏の植物も今になって元気になっている。生りの悪かったゴーヤも枝を切り詰めた秋茄子も、実をいっぱい付けている。

九月も半ばに実っても大きくなれるのだろうか？　いいえ先の心配はやめましょう。早めに収穫して無駄にならないようにしましょう。

そう言えば、夏の間余り咲かなかった百日草が拳くらいもあるような花を咲かせている。いつだったか富士見高原で見たものに近い大きさだ。ずっと長い間、私は百日草が余り好きではなかった。と言うかはっきり言って唯一嫌いな花だった。いつまでもしぶとく咲いているところや花のカサカサした感じとか、仏壇に活ける花というイメージがその理由だった。

それが六年前に、富士見高原にハイキングに行くとその固定観念が一変した。冬の間ゲレンデになる斜面一面にこれでもかと言うくらい百日草が咲き誇っていた。白、赤、黄、ピンク。色の濃いの薄いの一重咲きに八重咲き。そして、その花の大きさときたら私の顔の半分位ある。何より印象的なのは色の鮮やかさだった。私は、嫌いと言っていた花を見てすっかりはしゃぎ出していた。花畑の間をお腹の空いた蝶々のように歩き回った。百日草は見たこともないほど、他に沢山咲いていた百合よりもずっと美しく元気に咲いていた。

その翌年から花壇に百日草を植えるようになった。けれど、富士見高原で見たような大きさと色の鮮やかさにはなってくれない。

やはりあれは高原の空気と日光と涼風の賜物なのだろうか？　それでも私は忘れたころに咲いた百日草を花瓶に活けたりしている。

もう、そんなに百日草が嫌いという訳ではなくなっている。

24　小さなか弱き者

確か、二匹のミニチュアダックスフントが外に出されたのは去年の秋のことだったと思う。小さな犬小屋二つには、暖かそうな毛布が敷いてあった。だけどあの子たちには、外で飼われる日本犬のようなアンダーコート（表面の毛の下に生えている冬用の綿毛）はない。それにダックスフントは寒さに弱い犬種と聞いた。この間までは家の中に居たのに急に外に出されてしまったのだ。なぜなのか理由は解らない。そこの家の名前も知らないのだ。我が家の犬の散歩で前を通るたび、二匹で元気いっぱい鳴いていた。やがて雪が降るような寒さが続くと犬小屋は一つになった。

先日、夏の暑さがひと段落してから、そこを通ると小さな犬小屋はなくなっていた。

代わりに巻き取り式のゴムホースが置いてあった。よく見ると犬小屋のあった向かい側にはエアコンの室外機が置いてある。下はコンクリートだ。犬は人間より体温が高い、だから暑さには弱いのだ。今年の暑さではひとたまりもなかっただろう。人知れずいなくなった二匹に合掌。

皆さん、たとえ犬といえども一つの小さな命です。飼う前によく考えて下さい。物が言えず、ずっと大きくならない小さな子供を十年以上、長ければ二十年近くも続けて愛情を持ってお世話出来るのかどうか、本当によく考えてからにして下さい。飽きたり嫌になってはいけないことなのです。近頃ではちゃんとした純血種の犬までが保健所に連れていかれるのだそうです。そんなことにならないように一度飼ったら責任があります。人の子供の虐待が後を絶たない昨今、たかが動物のことと言わないで下さい。動物、特に犬猫は二、三歳の子供に等しい知能があると言われています。動物に優しく出来る人は人間の子供にも優しく出来ると思います。小さなか弱き者ということでは同じなのです。弱者を守ってやれないなんてどこかおかしいと思いませんか？

そうは言うものの、たかが私の出来ることは、家の小さな命たちを出来るだけ快適に安全に守ってやることぐらいです。

もちろん、中には動物が苦手でも優しい方も沢山みえると思います。そういう方は苦手なものでも命を軽く扱ったりはしないでしょう。触れたり、飼ったりすることだけではなくその命を大切なものとして考えられるかが大事なことだと思います。

東山動植物園の副園長茶谷さんは「動物とは自然からの預かり物」とおっしゃっています。人間の都合だけが優先されてはいけないのです。上手く言えませんが、人と動物が共生出来るよう、動物たちが天寿を全う出来ることを願います。

25 桜草と皐月

ベランダの片隅の陽だまりで桜草が一輪咲いた。こぼれ種から一本だけ生えた苗を大事に育てたものだ。少し小さめの鉢に植えたので柴犬の開に何度もひっくり返された。それでも何とか開花までこぎつけることが出来た。私は、意外な事実に驚いた。去年までの花は薄いピンク色すなわち桜色だったのに、新しく咲いた花は濃いピンクを通り越し紫がかっていた。紫陽花がブルーからピンクに変わったように、土の性質で花の色が変わってしまったのだろうか？

この種を上手くこぼして苗の赤ちゃんが生えてくれると良いのだけれど……。

桜草は叔母さんとの思い出の花であり喫茶店の思い出でもあった。そして隣のおじさんの皐月との出会いも桜草がきっかけだった。

二十五年ほど前、叔母に貰った桜草をプランター四、五杯に増やした私は店の入り口の左右に並べた。香りも甘く可愛い花姿をお客さんも喜んで下さった。すると、隣のおじさんから思わぬ申し出があった。

おじさんが作っている背丈ほどもある皐月の盆栽を店の前に置かせてほしいと言われるのだ。開店から閉店までで運搬はおじさんがやってくれるという。そんないい話はないので喜んで承諾した。隣のおじさんとおばさんは滅多にいないような良い人たちで子供たちも可愛がってもらったり、おすそ分けを頂いたりとても良くしてもらっていた。

皐月は字のとおり五月頃が見頃になり、桜草はその頃になると花が終わりに近づくので丁度いい。おじさんの皐月は葉っぱが見えない程花がびっしり付く。「お客さんが褒めてみえましたよ」と言うと嬉しそうに「そうですか、そうですか、あっはっはー」と高笑いされた。まったく樹齢何十年というものもあり、枝ぶりも良くお見事の一言だった。そんな立派な皐月を毎日、日替わりで貸して頂いて家は大喜びだった。

以前、籐の教室に通っていたとき「立派な皐月を貸してくれる人がいる」と話すと「それって二宮さんのこと?」と隣の学区の人が言った。おじさんは、昔は隣の学区に住んでみえたのだと初めて知った。何よりも、皐月といえば二宮さんというほど素晴らしい皐月で有名人だった。

春の陽だまりの中で桜草を見ているとあの頃のことが思い出されてとても懐かしい。

26　豹　変

変である。

明らかにおかしい。

次男は着る物に無頓着だった。

学生時代から汚れていなければ何でも良いぐらいだった。社会人になっても私にせかされてやっとスーツや靴やカッターシャツを調えていた。特に靴はいくら「三足を交代に履くと長持ちするよ」と口を酸っぱくして言っても一足を履き潰していた。一番嫌だったのはコートを着ないことだった。冬の寒い朝、スーツだけで背を丸めるように歩いて行く姿が惨めたらしく見えた。

学校を出たての時は安月給に違いないはずだが、もう十数年経っている。コートぐらい買えない訳がないはずだ。いくら言っても本人は至って平気で「家から駅までの五分かそこらのことだよ。電車に乗ったら暑いんだよ」と言って私の言うことなどまるで聞かなかった。

ところがである、去年の十一月頃から毎日のように紙袋を下げて帰って来る。毎日のように宅配便が届く。いやいや、もうすぐ四十歳近くになる中年男が何を買おうが良いのだけれど、気になるので聞いてみた。靴を三足買って、もうすぐ後二足届くとのこと。それからついでに靴のブランドのうんちくを聞かされた。シューズキーパーも一緒に買って、帰って来ると玄関で靴を磨いている。その靴磨きセットも自分用に買ったのだと。おまけに自分用の靴べラまで手摺にぶら下げた。スーツをハンガーに掛けるのもいい加減だったのに、明らかに変。

それでも「そうなの、へー、いいね」と黙って見ていた。シャツを数枚、ジーンズを数本までは気にならなかったが、あんなに嫌がっていたセーターとコートを買ってきた時には開いた口が塞がらなかった。ついには、夫も「おいおい、どうしたんだ？」と言い出した。

次の土曜日に、新しいセーターとコートで鼻歌交じりで出かけて行った。夜になってビックリ、顎と手の甲を擦りむいて血を滲ませて帰ってきた。「何でもない、転んだだけだよ。つまずいて滞空時間が長くて変な転びかたしちゃったよ。荷物もあったしね。やっぱり着慣れない物を着ていたからかなあ？　コートは無事だったけど、セーターはちょっと擦れちゃった」と照れ笑いと共に残念がっていた。そんなことなら良いのだけれど……。やっぱり変。

買い物熱はヒートアップを続けている。昨日はスーツを買ってきた。驚き桃の木山椒の木、カッターシャツをオーダーしてきたと言う。二十年遅れでおしゃれに目覚めたのか？　どうにも気味が悪い。最近は諦めていたけれど、前はあんなにケンカをしたではないか。「もっとおしゃれをしなさい」と言ったのは私だった。

彼女が出来た訳ではないらしい。

友達が変わった訳でもないはずだ。

中年男のあまりの豹変についていけない私だ。

27　お寺巡りと庭園

文化といえば日本の場合、古いものは仏教に由来するものが中心だと思う。私は一時期、バスで出かけてフリーハイキングをしてお寺を見て回るというツアーにはまった。それで訪れた奈良の興福寺の国宝館が素晴らしかった。中でも私のお気に入りは、大きな仏頭の優しく微笑んでいるかのようなお顔、そしてあまりに有名でそこはかとなく哀しげな阿修羅像だ。その他の国宝の仏像もさすがで見ていて飽きない魅力が溢れていた。

奈良は高松塚古墳や石舞台古墳にも歩いて行った。残念ながら飛鳥美人は、修復中でレプリカの壁画だったが、千三百年の時空を超えて極彩色が鮮やかだった。法隆寺や飛鳥寺も訪れてそれぞれに感激した。

京都も清水寺、金閣寺、南禅寺など有名所は大抵歩いて回った。龍安寺の石庭も良かったし西方寺の苔も見事で三千院も風情があって良かった。みんな良かったと言っているようだが、私は元々こういう日本の文化が好きなのだろう。仏像のありがたく清らかで美しいお顔や苔むした庭や借景を取り入れた庭などに感嘆してしまう。そうして、我を忘れて目の前の空間に浸ってしまう。

以前、友達と天龍寺に行ったことがあった。広い伽藍を見てまわり有名な庭に出た。私は「ねえ、ここが世界遺産の庭だよ」と言ったのだが、友人たちはおしゃべりしながらチラッと見て、何事もないようにスタスタと歩いて行ってしまった。周りを見るとほとんどの人が立ち止まって庭を眺めている。私は「しまった、相手を間違えた」と思ったが後の祭りだった。その後、落柿舎に行ったのだが、ちぐはぐな感じであった。友人たちは皆凄く良い人たちなのだが、こうなるとせっかくの夢窓国師や松尾芭蕉も泣いておられるだろう。

奈良や京都の古い仏像や庭には心を癒されるが、島根県の足立美術館の庭は手入れが行き届いていて素晴らしいと思う。美術館の絵にも引けを取らない美しさだ。建物の中から絵や掛け軸のように庭を見られるようになっていて素敵だった。赤松や黒松が見事に植えられて白砂が引き立たせていた。そして後ろの自然の山が借景されて一つの絵のようだった。

とまあ、立派なことを並べましたが、わが家の庭は青じその種をこぼそうとして、さながらジャングルのようです。夏野菜のプランターもまだそのままです。それなのに、このごちゃごちゃした庭がなぜか心落ち着く場所なのです。美しさを見せる庭と花や野菜を作る庭ではまったく違うものですね。

目の保養にと国宝や重要文化財を見て歩きましたが、私に物を見極めるだけの眼力があるとは到底思えないのです。しかし、良いものは良いということでしょうね。

28 登山

十年位前に御嶽山に登った。勿論、噴火する前のことだ。延々と続く階段や岩場を歩き、剣ヶ峰に立った時には感激してボーッとなった。翌年には、富士山に登った。日本一の高さから見る日の出に感動した。山頂からの眺めは素晴らしかった。三千六十七メートルと三千七百七十六メートルに登頂したのだ。

私は凄く自信を持ってしまった。

すっかり山登りにはまってしまった。

どこにでも登れると思ってしまった。

次はどこに登ろうか？　などと思案に明け暮れた。そのうち、夫が立山の縦走のツアーを見つけた。「これだったら、息子も高校生の時に行っている」と意見が一致した。気分は早くも立山の室堂に飛んでいた。

早速、旅行社に申し込みをした。ところが受付の人に今までの登山歴と年齢を聞かれた挙げ句、ご丁寧に「今回はご遠慮して下さい」と断られてしまった。

その話をジムで一緒の登山経験豊富なSさんに話した。すると抱腹絶倒、涙を流して笑われた。「いやだ、そんなことも解らないの？」と呆れられた。「あのね、富士は見る山、登る山じゃないって言うのよ。富士山や御嶽山は登山の内に入らない位なのよ。いきなり立山縦走はきついわ。あそこは鎖場とかむつかしい所があるからね」と親切にも説明してくれた。「だって息子も高校の時行ったのよ」となおも食い下がると「学生は体力有るからね」と一蹴されてしまった。漸く、私は自分の考えの浅はかさに気づいた。

高いから登るのが難しい訳ではないのだ。むしろ簡単な山に登ったのだ。そう言えば、家族連れも多く、登山道はほとんどが階段状になっていたし傾斜も緩やかな所が多かった。何で気づかなかったのだろう？

これを反省して、無謀な登山は諦めて高原のハイキングやトレッキングを楽しむことにした。中にはロープウエーで行って少し頑張って登れば三千メートル級の山に登れる所もある。それでも充分に登山の醍醐味を味わうことが出来て、楽しむことが出来た。

中高年の登山者が遭難するというニュースがちらほら聞こえる昨今。自分の体力に合わせて無理をせず楽しむことも大事と気づかせてもらった出来事だった。

29 沖縄旅行

「沖縄に行くなら、まず本島に行かなくっちゃね」と夫は真面目腐って言い放った。そんなあ〜、牛車に乗りたいし、観光ボートでサンゴ礁を覗きたいし、もうちょっと年が若かったらスキューバダイビングもやりたいくらいだ。何と言っても昔ながらの町並みを見たり歩いたりしたかったのだ。私が夢見た八重山諸島はあえなく没になった。

だけど、夫の言い分がもっともだと思えた。先の大戦で地上戦が行われ、多くの犠牲者の霊が祀られている本島を最初に訪れるべきだろうと私にも思えた。

陽気な沖縄の人たちは、歌って踊って賑やかに迎えてくれた。気がつくと両手を上げて一緒に踊っていた。沖縄料理は苦手だったけど、美ら海水族館のジンベイザメの大きさにびっくりした。平成二十六年（二〇一四）秋のこと。

ひめゆりの塔では、隣に新しく大きくて立派なひめゆりの慰霊碑が出来たと聞いて驚いた。

平和祈念公園の摩文仁の丘や平和の礎《いしじ》のかなたまで並ぶ慰霊碑の数の多さに圧倒された。一つ一つに名前がびっしり書き込まれていた。

平和になって生まれた私たちの平穏な暮らしは、この人たちの犠牲の上にあるのかも知れないと思わずにはいられなかった。

30　名古屋ゴミ事情

皆さんは藤前干潟をご存知でしょうか？　伊勢湾の一番奥にあり、名古屋市港区と海部郡飛島村にまたがって庄内川、新川、日光川の三河川が合流する河口部にあります。潮が最も引いた時には、二百三十八ヘクタール（東京ドーム五十個分）という大きな干潟です。

川は遠く岐阜の森から栄養豊かな水を運び、シャコやトビハゼ、チゴガニなど百七十種類以上の底生生物が生息しています。そして、それらを餌にしたり、羽を休めたりするために世界中から渡り鳥が訪れます。その数は一種類で三万羽にまでなることがあるそうです。藤前干潟は都会に残された鳥類や生き物のオアシスなのです。

昔は他にも沢山の干潟があったのですが、工業用地や、農地のために埋め立てられたり、干拓されたりしました。昭和五十九年（一九八四）名古屋市が藤前干潟に埋め立てによる「ごみの最終処分場」を建設する計画を発表しました。「名古屋港の干潟を守る連絡会」が出来、平成二年（一九九〇）には、環境庁から開発に対して環境に配慮するようにと指示が出ました。

埋め立て中止請願書と十万人の署名が名古屋市議会に提出されました。名古屋市は事業計画を縮小しごみ処理施設を建設して、人工干潟の造成を指示しましたが環境庁と運輸省は承認しませんでした。平成十一年（一九九九）名古屋市は藤前干潟の埋め立て計画を断念。

それから名古屋市では、ごみの減量のため徹底したゴミの分別とリサイクルが行われるようになりました。

藤前干潟は、平成十四年（二〇〇二）にラムサール条約（水鳥の生息地として国際的に重要な湿地に関する条約）に登録された干潟になりました。あおなみ線の野跡駅近くの野鳥観察館からはシギ、チドリ、カモなどの水鳥を百何種類も観察することが出来るそうです。遠く、オーストラリアやニュージーランドから飛んで来た鳥たちが、ここでしばらく休んでまたシベリアの方へ飛んで行きます。ここが無くなってしまったら、この無数の鳥たちや底生生物たちはどうなってしまっていたのでしょう？　生態系を壊すということは私たちの未来にも関わってくることです。自然環境を大切にすることがとても大事なことなのです。

　私たちは、面倒なゴミの分別を一人一人がきちんと行うことで、この貴重な干潟の保全に参加し協力していることになるのです。

　自然の生態系の保護のために今日もゴミの分別に励みましょう。

31　秋の好物

　雨の多かった今年の秋に、十月の始め三日間だけの晴れ間があった。「待ってました」とばかりに、実家の畑に落花生と新生姜の収穫に出掛けていった。いつもの年には掘り起こすと土がパラパラ落ちて、落花生がぶら下がっているのが見えるのに、今年は土が粘土のようになって豆を覆っている。軍手をはめた手でなるべく土を拭って一粒一粒豆をちぎる。

　落花生は読んで字の如く花が咲き終わると茎が伸びて土の中に入り実が出来る、何故か不思議な植物だ。しっかり実る前の若々しい豆を塩茹でにして食べる。殻付きのまま茹でるので少し塩は濃い目がいい。豆の甘味と塩味が混ざって病みつきになる。ビールの友としても最高だ。「茹でて小分けして冷凍して置けばしばらくは食べられるよ」と言う兄の言葉に、図に乗って大きなボールに三杯も貰った。家で蒸し器で三回茹でることになった。

新生姜は兄が掘り起こした物を水圧の高いホースの水で洗い持ち帰るが、帰ってからが大変で生姜の間に入った土を手で割りながら洗い流す。そして生姜の袴というか節のような所が少し黒くなっているのを爪の先でこすり取る。これは力は要らないが指先だけを動かさなくてはいけないので肩が凝る。私は生来の肩凝りなのだが、夫がこの甘酢漬が大好きなので、それに兄が「もっと持っていくか？」と勧めてくれるので、欲張って貰い過ぎてしまった。一晩置くと余計に黒くなってしまうので、その日の内に何と大きなボール一杯の生姜を漬けたのだった。爪で掃除するのは辛いけど、包丁で薄くスライスすると採れたばかりのみずみずしい生姜の香りはすがすがしくて気持ちの良いものだ。もちろん私も義母も桜色に漬かった甘酸っぱくて噛むとピリリとする新生姜の甘酢漬が大好きなので一ヶ月位でなくなってしまう。

最近では、生の落花生や葉付の新生姜をスーパーなどでも見かけるが、落花生は実がいり過ぎているし、生姜はどうしても鮮度が落ちているような気がする。それに何より両方とも少しの量でいい値段がしている。買っていたら、こんなにパクパクと食べられないだろう。食べ過ぎになるほど気楽に食べれるのは兄が家の分まで作ってくれるからなので、たった一人の兄弟の兄にはいつまでも元気でいてほしいと思う。新生姜は普通六月頃に出回ることが多いが、兄の仕事の都合から家では秋口に食べられるようになる。

とにもかくにも、茹で落花生と新生姜の甘酢漬は、夏の終わりから秋にかけての我が家の食卓の楽しみなのだ。

32 兄妹

「まあえーよ、いつでもえーから取りにおいじゃあ」梅の実が実ったから取りにおいでと言う兄からの電話だ。兄は季節ごとに、私や夫の好物の梅や新生姜、落花生を作ってくれる。ゆでたり、漬けたりは手がかかるが、季節ならではの味が楽しめるのは兄のおかげである。

今年は母の三十三回忌、父の十三回忌にあたる。祖父が亡くなった三年後に母が突然に亡くなり、それから六年して祖母が亡くなっている。兄は、母が亡くなって勤めを辞め、実家の農家を継いだ。しかし、仕事に慣れた父母のようにはいかず、病気になった祖母と父を抱え、農家に慣れていない兄嫁と共に三人の子供を育てた。その間、兄自身も原因不明の高熱が続いたり、肩の筋を切ったりした。苦労の連続だった。

先に商家に嫁いでいた私は、自分の仕事とやはり三人の子供を育てるのに精いっぱいで、実家の手伝いなどとても出来ず、心苦しく思っていた。そして、早くに亡くなった母を懐かしく思い出したものだった。

近頃、鏡の中の自分に母の面影を見るようになった。そんな時は「兄妹仲良くしているよ」と心の中でほほ笑むようにしている。

祖父母も父母も空の上から見守っていてくれるに違いない。

33 彩雲

平成二十五年（二〇一三）七月、車山高原に夫とハイキングに行った。日本の中心のようなこの高原は車山の山頂から富士山、北アルプス、八ヶ岳、御嶽山、妙高山などいろいろな山々が望めると聞いて楽しみにしていた。青い空、ぽっかり浮かぶ白い雲とさわやかな高原の風で絶好のハイキング日和だった。

駐車場からなだらかな坂道をニッコウキスゲを見ながら登って行くと、山頂手前の気象レーダー辺りで人々が空を指差し、何か話している。「どうしたんですか?」と夫婦連れらしき人に聞くと、「あそこ見て」と空を見上げる。指差す方を見ると、綿菓子のような雲の端が虹のような色に染まってバラ色に輝いている。「ワアー、綺麗、虹ですか?」と聞くと、先ほどの人が「彩雲と言うんですよ。これを見ると良いことがあるそうですよ」と教えて下さった。もちろん、夫も私も彩雲を見るのは初めてだった。「すごいね」「なんか神々しいね」と二人とも感激してしまった。

帰りのバスの中でも何か良いことが起きるだろうかとか、携帯電話の写真には上手く映らなかったとか、家に帰って調べてみようなどと話が盛り上がった。

家に着くと早速、彩雲を検索した。そこには「太陽の近くを通りかかった雲が、緑や赤に彩られる現象、瑞雲、景雲、慶雲などとも言う」とあり、最後に「虹のように良くあるありふれた気象現象」としてあった。「ありふれた」という言葉に、今までの高揚感は水が引くように消えてしまった。

「なあんだ、ありふれているんだって」

ちょっとがっかりしてしまった。と言うよりも珍しくて貴重なものを見たと思っていただけに気落ちしてしまった。

しばらく経ってから夫が「でも、あの彩雲って綺麗だったよね」と言ってくれた。そうだ、素晴らしかった。綺麗なものは綺麗だ。

すぐに楽天家の私が「気象現象としてはありふれていても、虹だって見たらうれしいし、感激するよね。彩雲ってそんなに見たことある人いないじゃない。やっぱり、ラッキーだったよね」と結論づけた。

あれから、六年経ったが特別に良いことは何も起こっていない。まあ、何もないことが良いことなのかも知れないと思っている。

34　時代と共に

テレビでは、桑田佳祐さんが一人紅白歌合戦をやっている。懐かしい昭和の歌謡曲を次々と歌っている。しばらくの間、ノスタルジックな思い出に浸ってしまった。曲の間にハイジャック事件や浅間山荘事件、ミニスカートの流行やボウリングブーム、昔の海水浴場の様子などを次々映し出していた。

ふと、気づいたが、昭和の頃は何かが流行すると皆が同じことをしていた。ミニスカートが流行すると猫も杓子もミニを穿き、アイビールックに憧れて皆が同じ鞄を持った。また、フォークソングが流行れば同じ歌を歌った。「皆が同じだよ。安心だよ」と聞こえてきそうだった。

私は、昭和の真ん中あたりに生まれ高度成長期と共に成長した。流行に敏感な子供だった。オイルショックの後は青春を謳歌したが、昭和の後半は結婚、出産、育児に家業の手伝いと多忙な日々を送った。

平成になると流行は画一的なものではなくなってきた。生活全般が多様化して、多くの選択肢の中から消費者が選ぶ時代になったと思う。また、平成はＩＴの時代だ。

インターネットやスマホの普及で世の中はどんどん変わっている。車やレジの自動化、キャッシュレス、ネット銀行にネット通販などまだまだ変わるだろう。一体どうなっていくのだろう？

世の中が変わると共に私も人から「大人になったね」とか「丸くなったね」と言われるようになった。私自身は何も変わってないと思うし、数十年来の友人にも「相変わらずだね」と言われるのだが、見る人によって評価はいろいろ変わるらしい。さて、平成も終わりずっと大人になった私は、新しい「令和」の時代をどう生きていくのだろうか？　新しいことにもチャレンジしていきたいものだ。

35　変幻自在のラグドール

ペットショップでラグドールという猫に出会いネットで調べた。〈おとなしくて人懐っこい。おっとりとしていて抱かれると身体をもたせてくる。身体は雌で五、六キロと大型の猫。長毛とまではならない被毛、鳴き声は小さめで虫などにはあまり興味を示さない。ラグドールとは縫いぐるみのようということ〉

私はすっかり気に入ってしまった。あの柔らかな絹のような毛並みを膝の上に載せて優しく撫でてやったらどんなに気持ちいいだろう。長めの毛をブラッシングしてやったらゴロゴロと喉を鳴らすだろうか？　そう、あの猫を抱っこしたらどんなに幸せな気分になるだろうか？　私はすっかり夢中になってしまった。

浜名湖まで猫を見に行った。何だか運命的なものを感じて、早速子猫を連れて帰った。

それからが大変だった。カーテンにはよじ登る。カーテンレールの上を歩く。エアコンの上を歩く。それを繰り返し部屋を半周してテーブルの上に飛び下りる。一体どこがおとなしいのだろう？　それからブラッシングしていると気に入らない所や毛が絡まっているとフウーと怒って噛みついて脅してくる。本当に甘噛みで歯の跡も付かない程度だがいい気はしない。ちょっと大きな声で叱ると背中を丸めて耳を伏せ、目を吊り上げてフーハアーと向かってくる。どこがおとなしい猫なのだろう。おまけに怒っている時の顔ときたらまるでホラー映画だ。極めつけは膝の上に乗らないことだ。抱き上げると暴れまわって逃げていく。どこがラグドールなのだろう？

それでもまだ子猫だから大人になれば落ち着くだろうと思っていた。

その後、ラグドールは大人になるのに五年位かかるということを知った。

この困った変わり者のラグドールは七才になった今、体重が六キロと立派に成長した。カーテンには太って登れなくなった。人が大好きで付いて歩くが、近頃では一人でもいられるようになった。一時期玩具でよく遊んだが、最近は寝ている時間が多くなった。随分落ち着いてきてホラー映画のような顔はまず見せなくなった。

少し前に知ったが、夜中に息子がパソコンをしていると意外にも膝の上でずっと寝ているのだそうだ。他の人にはほんのちょっとお義理で抱かれるだけなのに……。

私の夢物語は泡のように消えてしまった。しかし、お転婆ではあるが健康である。ほんの少ししか抱かれないが可愛い声で鳴いて甘えてくる。そして、足下に寝転んでチャーミングな瞳で見つめてくる。お腹を触られるのは平気なのだ。この猫はこういう猫なのだ。あるがままを受け入れよう。

フランスには『時に醜く見えなければ本当の美人とは言えない』という言葉があるそうだ。私もやんちゃで甘えん坊で変幻自在のラグドールに魅了されてしまっている。

36　至福の時

私は、寒い朝は苦手だ。ぬくぬくとふかふかのお布団に包まれていつまでも寝ていたい。でも、余りお寝坊をするとコーヒータイムに遅れてしまう。おもむろに起きた後は、朝日がさんさんと射し込むソファに陣取る。そこには私専用の毛布が敷いてあり、エアコンの風も丁度よく当たる。

それにしてもコーヒータイムが待ち遠しい。余り待たされると首が長くなってミーミー鳴いて催促する。コーヒーの香りに包まれて、おやつを食べる。御主人様の手が空いたら、ブラッシングの時間だと請求する。

午後はお日様が出ていれば、温室みたいになっている三階のベッドで一人悠々と枕を高くして眠りにつく。

何々、炬燵がないのかだって？　ありますよ！　ちゃーんとおばあちゃんの所にありますよ。ご主人様は親切で中に入れてくれたけど、暗くてむっとしているから直ぐに飛び出して来ちゃった。炬燵は大嫌い。大体私は、そんなに寒がりの方じゃない。普段の夜はご主人様の掛布団の足元の上に敷いたドラゴンズの特大タオルの上で休む。

十二月から二月にかけての一番寒い明け方にご主人様の枕元に行き、ちょんちょんと手で顔に合図する。そうすれば掛布団を持ち上げて中に入れてくれる。ぽかぽかだ。とっても幸せだ。それなのに、三十分か一時間も経つと私には暑すぎるようになってしまう。それでタオルの上に退却する。やっぱり、この柔らかいタオルが一番気持ち良い。下は羽根布団がふんわりとして、思わずお手々でモミモミ、フミフミしてしまう。この至福の時。幸せだニャ～。

37　素敵なもの

素敵、素敵、素敵なものは沢山ある。

公園の隅に咲いているスミレの花を見つけた時。枯れ枝のようになっていた街路樹に黄緑色の葉が芽吹いてきた時。街中の我が家の庭に蝶が飛んできた時。そんなありふれた日常のひとコマひとコマで、心がわくわくうれしくなってしまう。「素敵、もう春だ。自然はここでも生きている」と思ってしまう。

それから、それから、ファッション誌のカタログを見ても、古いユーミンのＣＤを聞いても、筋肉体操の筋肉を見ても、直ぐに素敵と思ってしまう。私は惚れっぽい。あれも、これも、素敵。至って間口が広いのかも？

犬が好きだけど猫も好き。犬には犬の良さがあり、猫には猫の良さがある。だけど犬は猫にはならないし、勿論、猫も犬にはならない。だから、両方好きでいいじゃない。私は私、私らしいのが一番素敵。もう、年だからこの色はダメとか余り考えたくない。昔、英語の年取った先生が白髪に真っ赤なカーディガンを着てみえた。あんな感じが若々しくて素敵。

私も年を重ねてきて顔色の悪さが目立ってきた。明るめのメイクをして明るい色を服に一色入れてみる。たったそれだけで気分がパッと華やぐ。色鮮やかな季節。どこに出かける訳ではないけれど、ちょっとおしゃれな服を着てみる。

ベランダの花を見ながらそよ風に吹かれ、アイスコーヒーを飲みながら読みかけの本を読もう。隣を見ると雀の歌を聞きながら犬と猫が眠っている。

初夏のけだるい午後は、まったりと過ぎていく。

こんな午後は最高に素敵。

38　天下第一の桜

名古屋に桜の満開宣言が出て、今まさに桜前線真っ只中になっている。やはり花といえば桜。この季節は心躍ってウキウキしてしまう。「俺は花の名前なんて知らない」と言っていた夫も桜の花は知っていて、「〇〇の所が咲きだした」などと毎年花が咲くのを心待ちにしているようだ。

十五年前に店を止めてから旅行や日帰りハイキングによく出かけていた。春に出かけるツアーには、桜の名所がよく入っていた。その中で信州の高遠城址公園の桜が思い出深い。

最初ツアーで訪れた時は花が散った後だった。公園の中を歩き回ったが、咲いていいる花は一つもなかった。そして公園にいくつかある碑の中に（天下第一の桜）というものを見つけた。（天下第一の桜）と聞けば一度見てみたいと思うのが自然。翌年、またツアーを申し込み出かけた。今度は蕾のままだった。観光協会の方が申し訳ないと若い小さな木をビニールで囲って数輪の花が咲かせてあったが、何とも頼りないものだった。

二回の経験でこの高遠小彼岸桜は場所が長野県伊那市にあるので、ソメイヨシノより少し遅くに満開になることが解った。夫は「ツアーじゃ駄目だね。新聞の桜だよりを見て、車で行こう」と言い出した。どんな花なのかどうしても見たくなってしまったのだろう。

そしてまた翌年、桜便りが満開近しになった土曜日のお昼過ぎに、店を早じまいすると義母を連れて車で出かけた。中央道の伊那インターを降りて三十分となっていたが、インターを降りる前から渋滞で、道路脇には仮設トイレまであり、駐車場まで三時間くらいかかった。夕方になってしまっていた。

それでも高遠小彼岸桜はソメイヨシノより少し濃いめのピンクで、ポンポンのように華やかに咲いて迎えてくれた。私たちが行った丁度その日に満開になって公園全体がピンクに染まっていた。若木も沢山植えられていた。城址の中、幕末の藩士が明治の初めに城を偲んで植えた老木が頭の上で枝を広げて咲いていた。千五百本の甘い香りが漂っていた。

その後、軽い食事を取って店から出ると周りの景色が変わっていた。暗くなった公園に赤いぼんぼりが灯り高遠小彼岸桜を妖艶に照らし出していた。

私たちは、口々に「遅くなって良かったね」「夜桜も良いね」「天下第一だけあるね」「昼の桜と夜桜と二回楽しめたね」と喜び合った。そして満足感を胸に帰路に就いた。

39　ちょっと恥ずかしい話

「美々ちゃん、だめ」と言ったとたん、私の身体は宙に浮いた。目の前に迫るコンクリート。おでこに衝撃があったとたん、目尻の横がじょりじょりと削られる感覚。「やっちゃったぁ。頭が痛い。大丈夫。だけど、ちょっと待って動けない。頭がクラクラしている。すぐに動かない方がいいかも？」自問自答している間にクラクラは治まった。大丈夫だよ、だけど頭が痛い。じょりじょりしたところがヒリヒリ、ピリピリする。

何で私は転んだのか？　足元を見渡すと、ゴーヤのプランターの横に網を固定した支柱が、十センチほども出ている。どうしてこんな所に、こんなにも出してあるんだ。頭の痛みと共に、腹だたしさがこみ上げてきた。ふと、手を見ると左手に紫陽花の花を右手に花鋏を握ったままだった。危ない。変な転び方だったら？　とぞっとした。

腹だたしさは、どこかへ消え去った。

大体、最初から猫の美々がそこに居ないからとガラス戸を開けっぱなしで花を切っていた私が横着だったのだ。それに外に出たことがほとんどない美々は、前に出た時も硝子戸のそばから離れずに、すぐに捕まえることができたのだ。私は一体何をそんなに慌てていたのだろう？　考えなしの慌てん坊、そそっかしいのだ。その結果一人相撲を取って額にたんこぶ、眉の横に擦り傷を二つ。次の日には体中の筋肉痛と酷い肩凝りになってしまった。

女性だから、顔の傷はショックだ。傷がジクジクしている間は、お化粧も出来ず、風で帽子も飛んでいくくし、サングラスでも隠せない。誰にも会わないようにと祈りながら犬の散歩に行った。しかし、そんな時に限って知り合いに会うのだ。ＤＶだとは思われないだろうか？　恥ずかしい限りである。

これに懲りて開けっ放しは止めよう。猫の美々は音をたてないし、神出鬼没なのだから。

40　桜の勇者たち

十月になりました。

夕暮れ空の鱗雲や白くなったえのころ草の穂に秋を感じるこの頃です。私の身体もしゃんと芯が出来、犬の散歩の足どりも軽やかになって、とても元気になりました。ところで九月二十日に開幕したラグビーワールドカップが熱いです。二十日のロシアとの開幕戦と二十八日の世界ランク二位のアイルランドに、世界ランク十位の日本代表が勝利したからです。まったくアイルランドに勝つなんて奇跡のような勝利です。十月五日にはトヨタスタジアムでサモア戦があり、三十八対十九で圧勝しました。

私はルールも選手のポジションも名前すらよく解らないにわかファンです。それでも筋肉モリモリの男たちが激しくタックルしたり、なかなか真っ直ぐ飛ばないラグビーボールを蹴ったり、後ろに投げたりするのを手に汗握って見ています。それからスクラムを組んだり、タックルされて下敷きになっているのにボールを後ろにサッと出してパスするところをおもしろく見ています。あのがっちりした選手たちがボールを持って相手を振り切って、ジグザグに駆け抜けるスピードは迫力満点だと思います。とても楽しんで見ています。

日本代表といいますが、色々な出身国の男たちの集まりです。太平洋の島国の人、隣の韓国の人、遠くはアフリカ、オセアニアの人。体格のいい人や小柄な人が一つのチームになって同じボールを追っています。まるで将来の日本の姿の縮図のようです。全員が桜のマークの赤白のユニホームを着て一つになり、桜の勇者になっていました。

そうして、激しい試合が終わると皆が笑顔になって敵、味方関係なく肩を叩き合いハグします。なかでも一番感動したのは負けたアイルランドの選手たちが勝った日本チームを称えて、二列に並んで花道を作って日本の選手を通しているところを見た時です。ラグビーってジェントルマンで素敵なスポーツなんだなあと感激しました。

日本代表はこのまま勝ち進んで、決勝リーグに出場して目標のベスト8になってほしいと思います。それには、十三日のスコットランド戦に勝つか最低引き分けなければなりません。きっと勝ってくれると信じています。

レッツ　トライ　桜の勇者たち

41　苛立ち

とある番組で、生活や料理の細々としたやり方を上手にこなす方法を紹介している。例えば、肉じゃがにバターを入れるとジャガイモが煮崩れしないのだそうだ。だけど私は、ちょっと煮崩れした方がお汁が絡まって美味しいと思うし、バターを入れたら余計に油を取りそうだ。若い人にはいいだろうが、私たちは中性脂肪やコレステロールが高い身の上だから考えものだ。

お掃除の仕方とか洋服の片付け方、洗濯の仕方など中には大変ためになることもあるのだろうが、何故か鼻についてしょうがない。

座ってテレビを見ていれば素直に受け取れるのかも知れないが、私は料理を作るだけで手一杯でそのうえ、そのテレビを見る暇もなく動いているのだ。それなのに夫ときたら「ねえねえこうするといいんだって」とか「あーすれば」と言ってくる。

「じゃあ、そうやって自分でやって」と言ってやりたい。

そうだ、いちいち「こうやればいい」とか「ああすればいい」と言われるとすっかりやる気がなくなる。自分は何もせずに、座って指図しているみたいだ。まるで、私が間違っているみたいな言い方だ。自分で何もせずに人にあれこれ言うのは、絶対におかしいのだ。だから素直にアドバイスを聞くことが出来ず、時には私は天邪鬼なんだろうか？　と思うこともあった。

私は私なりに一生懸命家事をこなしてきているのだ。私は私のやり方でやりたいし、人に言われてではなく、自分の思ったようにやりたいのだ。それに、私は料理が特別嫌いではない。割といろいろ作っている方だと思う。掃除は余り好きではないが、洗濯は大好きだ。全体的におおざっぱかも知れないけれど、一通りの事はやっているのだ。

去年、私がインフルエンザで寝込んだ時、夫は家事全般を引き受けて、骨身を惜しまず一生懸命やってくれた。他家とくらべても夫は家事に協力的である。夫はただ、親切心から言っているだけなのだ。それが解っているから余計に、何故、夫は私の気持ちが解らないのだろうとイラッとしてしまう。

最近では、あの番組を夫が見ているだけでイライラしてしまう。そんなにいろいろとやりたいのなら夕食を全部作って、片付けもみんなやってほしい。それから他の家事も毎日みんなやってほしいと言ってしまいそうな今日この頃である。

先日、「妻のトリセツ」という本が発売された。夫には是非、読んでほしい。私も読んで私のイライラが特別なのか考えたいと思う。

42 夫婦旅

「次の駅まで行っちゃったよ！」「奥さんだけ降りたんだって！」まあ、蜂の巣をついたようだった。

七年前の春、新幹線を乗り継いで秋田の角館で桜を見て、バスで青森の弘前城に行き、ＪＲで青函トンネルを通って五稜郭に行くというツアーに夫と参加した。
二、三組が女性同士、もう二、三組が私たちと同世代で後は私たちより一回り以上は年上と思われる夫婦連ればかりだった。
年を取っても二人で旅行に出かける方々らしく、それぞれの旦那様は大きな荷物を持ってあげたり、レディファーストに徹したり、中には足元の悪い所で奥さんの手を取ってあげたりと気遣いのお手本のようだった。旅は和やかに進んでいた。

初めて乗った秋田新幹線は高架の上でなく地面の上を車と並んで走っていた。田舎の、のどかな改札口みたいな角館の駅を降りると皆さんが大騒ぎしていた。

添乗員さんが次の大曲まで車で行ってその人を連れて来ることになり、私たちは枝垂れ桜がまだ咲きそろってない角館の武家屋敷で長い自由観光をすることになった。

それにしても、どうして奥さんは自分だけ降りたのだろう？　夫婦喧嘩でもしていたのだろうか？　真相はいまだに藪の中だった。

43　開と私

毎日、夕方になると柴犬の開が散歩に行こうと誘いに来る。ワンワン鳴くわけでなく、横座りして私の動きを観察している。上着を羽織ったり、スマホをポケットに入れたりすると急いで立ち上がる。

夏の暑い時期は三十分位、他の季節は一時間程度の散歩をする。私と開だけの楽しい時間。いくつかの公園、用水路、駐車場の植え込みなどを巡る。茜色の夕焼けや雪で真っ白の公園、黄色の落ち葉で埋まった歩道などいろんな所へ行ったね。そうそう野良猫に襲われたこともあったね。

以前、近所の奥さんと品物をあげるの、あげないのと押し問答になったことがあった。開もよく知っている大好きな人だったのに、いきなりワッワーンと吠えて飛びついた。慌ててリードを引いて何事もなかったが、言葉の解らない開の目には、私がいじめられていると映ったのだろう。

生後二ヶ月で、カールおじさんの顔でやって来た開。押し問答だけでこの騒ぎだから本当に私が悪い人に襲われたら、きっと助けてくれるだろう。心強い味方だ。

いつの間にか開も十四才。人間なら七十五歳位のおじいちゃんになってしまった。これからの限りある時間を大切に歩きたいと思う。

44　巣立ち

毎年、春になると裏の家の屋根に巣を作った雀がにぎやかに巣立って行く。

三年ほど前の春の日、雀たちの鳴き声が毎年のそれよりも一層声高で切羽詰まった感じがした。ベランダに出て見ると一匹の子雀がバタバタと羽ばたいては下に落ちる。地面には落下しないで宙づりになっている。

片方の足に糸が絡まって屋根に繋がっている。親鳥が巣を作った材料が巻き付いたと見える。段々と元気がなくなり、逆さ宙づりの時間が長くなってきた。

困った挙げ句、隣のおじさんに頼んだ。おじさんは以前、電機関係の仕事をしていて長い梯子を持ってみえた。

話を聞くと二つ返事で快諾してくれ、裏の家の屋根に梯子をかけて登り、雀の糸を切ってくれた。後は私が足にぐるぐる巻きになった糸をそっと外して、柔らかい苔の上に置いてやった。

その間、親鳥は私たちの頭上をけたたましく鳴いて飛び回っていた。親子の情が雀にもあるのだと思った。

その後、親鳥は子雀に餌を運んでいたようだったが、しばらくすると子雀の姿がなくなっていた。親と一緒に飛んで行ったに違いない。

雀の寿命は三年と言う。今年の雀は、あの時の雀の子供か孫だろうか？

何だか、家の雀のように特別可愛らしく思える。

45　お喋りツアー

行って来ましたメロン狩り。

梅雨明け間近の七月二十三日、朝から眩しいばかりの陽が降り注いでいる中を、幼馴染のかずちゃんとバスに乗り込んだ。二人ともお昼には気温が上がることを考えて薄物の重ね着で活動的なお洒落をしていた。お洒落も旅の楽しみだ。

目的地は伊良湖のメロン畑と恋路ヶ浜を見下ろす高台のホテルでのランチバイキング。でも、その前にトイレ休憩を兼ねて二か所も土産物店に寄った。かずちゃんと二人、喋りづめの私たちだったが、帰りに頂けるメロン二個の重さを考えて今回はなるべくお土産を買い控えた。

温室に着くと、メロンの蔓は天井からぶら下がるワイヤーみたいな物に絡まり縦に伸びていた。案内の人が「どれでもいいですよ、大きくて重いのが甘いですよ」と声をかけてくれた。どれもこれも皆大きく見えて迷ってしまった。「メロン狩り」と聞くと「凄い、大変そう」と思ったけど何のことはない。メロンの蔓をTの字になるように二か所鋏で切って終わりである。あっと言う間に二個収穫した。

温室の中が蒸し暑いので外に出ると風が爽やかだった。メロン二個を箱に入れて持つとずしりと重かった。それから場所を変えてメロン半玉の試食をした。甘みが上品でジューシーなのはまさに初夏の味で大満足だった。

島崎藤村が『名も知らぬ遠き島より……』と詩を書いたという恋路ヶ浜を一望できるレストランの窓際でランチをした。とびと思われる大きな鳥が挨拶をするように目の前まで飛んできた。遠くに『潮騒』の舞台になった神島が見えてなかなか素敵な景色だった。お料理もまずまず美味しかった。

帰りにはラグーナテンボスの土産物店にまた寄った。今回の旅行はかずちゃんにお任せだったので文句は言えないけれど、土産物巡りにはいい加減げんなりした。

バスの中では相変わらずのお喋りが続いていたが、帰りの時間を考えると丁度渋滞の時間になりそうだ。土産物店は多すぎたけど天気は良かったし、メロンは美味しかった。メロンの重さと同じくらいかずちゃんの話も聞けて、私も大いに喋った。

かずちゃんと私は認知症になりかけた親と同居している。日頃のストレス発散には丁度良いお喋りツアーだった。

よく喋り、よく食べた。なんのかんのと言っても幸せなのかも？　随分と安上がりな幸せなんだなあ。

46　褒め上手

「可愛いパジャマだね。昨日買ったの？　十歳若く見えるね、四十代だね」

いつもの朝の挨拶「おはよう」を言うと夫が褒めまくってきた。パジャマはよくあるブルーの小花柄だ。歯の浮くような言葉に「あのー、私は六十代ですけど。計算合わないんだけど」と寝ぼけ眼で答えた。

朝から一体何事か？　何をおべんちゃら言っているのだろう？　何かよからぬこと

を考えているのでは？　と言われたことのない言葉に猜疑心ばかりが先に立つ。

ところが、それは魔法の言葉だったらしく「日光東照宮の陽明門のようだね」と言われる朝食の支度も完璧にすることが出来た。朝食だけでなく、他の家事も素早くとんとん拍子に片付けることが出来た。

気がつくとニンマリと頬が緩んでいる。「バカじゃないの？　お上手言われたぐらいで？」と思ってみるが、お世辞と解かっていても正直ちょっぴり嬉しい。私はおだてに弱いらしい。

しかし、機嫌悪くしかめっ面で何かするよりも、にっこり笑ってする方がずっと精神的にも良いはず。効率が良く、ミスも少ないと私が証明している。

これからは、私も大いに褒めて、老夫婦の生活を楽しい笑いで満たそうと思う。

47　怪我の功名

「わぁー、車だ！」と思ったのは覚えている。暫く気を失ったようだった。「大丈夫ですか？　大丈夫ですか？」と繰り返し聞く声が聞こえる。反射的に「はい、大丈夫です」と答えていた。「名前が言えますか？」「目が開けれますか？」「どこか痛い所がありますか？」その人は慣れた感じでテキパキと質問した。私は横断歩道を青信号で愛犬と渡っていた。そこへ右折の車が突っ込んできたのだった。

丁度、近くに病院があり、夕方五時半頃とあって通勤途中の看護師さんたちや最後には、救急外来の先生まで声をかけてくださり、皆さんに大変お世話になった。その時にはしっかりしているつもりだったが、翌日になると情け無いことに、誰一人として顔も覚えていなかった。

その日は丁度土曜日で、家族皆で集まってお弁当を食べることになっていた。夫と次男が病院に駆けつけてくれ、検査の間待っていてくれた。幸いに異常はなく、すぐに家に帰れた。長男は警察の対応をしてくれた。いつものように車をバラバラにして整備していた三男は、お弁当を引き取りに行ってくれた。玄関で痛くて靴が脱げなくて困っていると、次男がしゃがんで靴を脱がせてくれた。これには感激した。

家は二階にキッチンや居間があるので、どこに行くにも階段を上り下りしなくてはならず、それが痛くて辛かった。また、しゃがむことが出来ず、犬猫のお世話に苦労した。事故の時、一緒にいた愛犬を心配したがこの子も無事でホッとした。見知らぬ人にリードを預けて後から長男が家に送り届けてくれた。

しかし老犬もショックを受けたようで、大好きなご飯も食べずに眠ってしまった。

七月二十六日月曜日に整形外科と脳神経外科の診察を受けた。脳震盪と打撲と首の捻挫と診断された。湿布と痛み止めが沢山出た。

これくらいで済んで本当に良かった。だけど痛い思いをした分だけ損であるし、多くの時間を無駄にした。

親切な看護師さんの顔も名前も解らないので、診察してもらった先生に事情を話し丁寧にお礼を言っておいた。夫や息子たちも「割りと元気に歩き回っているから良かったわ」とさらっとした態度を取っていた。それでも心配していたのは明らかだった。

事故にあって家族の温かさを改めて痛感した。「こんな我儘な私を大切にしてくれてありがとうね」と言っておこう。

48 甘ちゃん

午後から叔母が来ていた。開口一番、一ヶ月前にオープンした花子叔母の喫茶店と叔父の悪口を並べたてた。「幹さんも自分が働きに行けば良いもんを花子ばかりを当てにしとるもんだから……。あー、そうそう、お前はどんな人と一緒になるんだね？」急に聞かれて母と二人でうろたえて口ごもった。黙っている訳にはいかず「それがねえ、喫茶店なんだわ」母は言いにくそうにだが、ありのままを話した。私は心配させまいと「店には出なくていいんだって」と言った。すると後家でやり手の叔母は「最初はね、上手いことを言うんだよ。佐和子はまだ甘いわ」「そんなに何軒も店があるなら店に出なくて済む訳がない」ときっぱりと断言した。

今にしてみれば、この時の叔母の言ったことは大正解。私は甘かった。今日はAの店、今日はBの店の人が休みだから手伝ってと当てにされてしまった。七年ほどして義父が亡くなって店長が辞めた後、私は厨房で働くことになった。どうしてもやれないと言うことは出来たのだが「私がやってみるわ」と言ってしまっていた。相変わらず甘かった。

それからは余りに忙しく目の前のことを片付けるのが精一杯で、人と比べて嘆く暇もなかった。無我夢中で働いた。それでも甘ちゃんで無鉄砲で楽天家の私だからこそ夫と共に四十数年の波乱万丈を歩んでこれたのだと思う。

苦労したと言えばそれまでだが、二人で同じ夢を追いかけてする苦労は時には楽しいものだった。夢は年を取ったら二人で小さな趣味的な店をやりながら旅して回るというものだった。諸事情があり実現出来なかった。しかし、最近のように飲食店に厳しい世の中になると止めて良かったのではないかと思ったりする。若い時には思いもしなかったが二人とも病気をしてからの喫茶店経営は体力的に無理があったと思う。

夫は店をやっている時は家庭のことなど忘れているかのような人だったけれど最近では、家事も進んでやってくれるし、買い物も私よりずっと上手かも？　何よりとても優しい。

そそっかしい私が色々なヘマをしても平気な顔で冗談にして、怒るということは滅多にない。

私は甘かったかも知れないが、根本的なところはちゃんと見ていたようだ。

これからは彼の優しさに甘えてばかりでなく、今年古希になる夫をいたわらなければと思う。

49　美女の失敗

風薫る五月の午後。

私の座っているソファの隣に彼女が優雅に寝そべっている。私は気づかれないように念入りに観察した。

もちろん、彼女は美しい。知性的な額からツンとした鼻にかけての曲線がなだらかで素敵だ。こぢんまりとした唇がとても可愛らしい。何と言ってもきらめく瞳が一番の魅力だ。

と、突然に立ち上がった。浅黒い顔をこちらに向けて様子をうかがっている。

私は寝たふりをしながら見つめ続けた。彼女は大きな伸びをして一呼吸おくと、おもむろにジャンプした。

ぷっと私は吹き出した。

あろうことか彼女はソファからテーブルに飛び移ろうとして三十センチほどの隙間に見事に落ちたのだった。

一人前の美女の何たる失敗。先ほどまでの澄ました態度はどこへやら、体勢を立て直すのに必死の形相。

おかしくって大笑いしてしまった。彼女はびっくりして目を見開き耳を伏せ、バツが悪いのかそそくさと立ち去ってしまった。

前足は届いたのに残念だったね、猫の美々ちゃん。

最近、美々は同居犬の残したご飯まで食べてしまっているから太り過ぎなのかも知れない。それは問題だ。

今度、獣医さんに行ってきちんと量ってもらおう。

50　私のデジタル化

近頃は、何でもパソコンやスマホで申し込みをしたり、調べたりする。世間を賑わしているコロナウイルスのワクチン接種の申し込みもパソコンを使えば難なく素早く出来た。

　けれど、パソコン初心者の私は簡単な用語の意味もあやふやだ。息子が側にいると、調べるよりも早いのでついつい聞いてしまう。「お母さん、それ聞くの三回目。本当に覚える気あるの？」という辛辣な返事が返ってくる。

　悔しくて腹だたしくて、もう二度と聞くものかと決心して、パソコン入門書を読んでみる。なかなか手強い。読みながらスマホで調べたりする。

　アカウントだとかインストールなど基本がさっぱり解らない。マウスを動かすのもぎこちない。息子にまた同じことを聞いたりする。

　機嫌がいいと「まったく、何回目だと思っているの？」と言いながらも親切丁寧に教えてくれる。これがいけない、息子に甘えてばかりでは覚えられない。

　八月、パソコン教室のチラシが目に飛び込んできた。「ようし！　ここに入ってみよう！　思い付いた時が吉日だ」私は固く決心した。

「六十の手習い」と言うではないか。いまさらながらと思わずにやってみよう。

51　夏の冒険

薔薇とアストロメリアとカラーが咲いた。これを花瓶に活けるととても映りが良い。

もう、春本番を通り越し梅雨がまぢかになってきた。気温も上がり、靴下が邪魔になってくる。靴下を脱ぐと白い足が顔を出す。もちろん、そのままでもふっくらとして可愛らしい。

去年ふと思いつき何十年ぶりにペディキュアをしたらとても良かった。気分が上がった。靴下を履いて隠れていても、この下には綺麗に塗られた指が豆粒のように並んでいるんだと思うとそれだけでニンマリしてしまう。

家事をする主婦は、マニキュアやネイルアートに憧れても、いざという時ならともかく普段は二の足を踏んでしまうだろう。その点足の指ならオッケー。足の指なんてと思われる方もみえるでしょうが意外に良いものですよ。ついでに踵のお手入れをしたりして、二週間ぐらいで一度落とすのが良いようです。

見た目は可愛い。濃い目の色が私のおすすめ。ちょっと場所的に気が引けるときは靴下を履いちゃいましょう。誰も知らない私だけの秘密になっちゃいます。ワクワク、ドキドキしちゃいます。

夏本番になって、素足でサンダルはいて歩くと決まって見えますよ。

この夏の冒険はいかがでしょう?

52　虹の橋

開が五回目に倒れたのが、令和三年（二〇二一）の一月九日だから、もう優に一年は過ぎている。その間、側に就いてやり、隣の部屋で戸を開けて寝て、夜中に何度も起きた。開は頑張っていた。

最初に家に来たときは、倉庫の番犬だった開。十四年前、今の家に移ってからは家の中に上げてもらい何不自由なく暮らしていた。

開は、十六才の柴犬だった。犬に綺麗好きがあるかどうかは知らないが、もしあったなら開はきっとそうだと思う。粗相など以前はただの一度もしなかった。何時間か留守番させても悪戯もしなかった。自分の玩具の縫いぐるみをかじったり、舐めたりするだけだった。その代わり「お利口ね」という言葉には敏感に反応した。そう言って褒めると、すました顔で「当たり前さ」と言っているようだった。

物事に終わりがあるように、生き物にも寿命がある。そんなことは百も承知しているはずなのに、開にだけは何とかして一日だけでも長生きしてほしいと思う私がいた。そして、日毎に少しずつ弱っていく開を見ると気持ちが落ち込み沈んだ気分だった。

去年の年末に、古い友人と久し振りに会う機会があった。友人も愛犬を半年前に亡くしたところだと言う。そこで、彼女の友人から聞いた話をしてくれた。「可愛がられたペットは、死ぬのではなく天使になるのだって。そうして、天国の入り口にある虹の橋で飼い主さんが来るのを待っているのだって」彼女から聞いたのはそこまでだったが、今日の「くらしの作文」に同じ話が載っていた。それには、病気や怪我も治り、食べ物や飲み物も沢山あって、お友達と仲良く遊んでいると書いてあった。なんて素敵なお話だろう。

開は、もしものことがあったなら、天使になってきっと虹の橋で待っていてくれるだろう。私も天国へ行けるように今日から精進しなくてはと気持ちが前向きになった。どこのどなたが考えた話かは知らないが、ペットを亡くした悲しみから、また失いそうな不安から少しだけ安らぎを与えてくれる心温かなポエムに感謝しよう。

窓際を見るとオレンジ色の服を着た開が長々と寝そべって、ガラス越しの光に包まれている。

53　素敵な散歩

君と歩いた日々、楽しい時間。
冬枯れの公園はタンポポが咲いて菫が咲いて、それからクローバーが咲くんだよね。

茜色の夕焼けや公園の隅のねじ花を見つけて、えのころ草で遊んだね。

夜に街はずれまで花火を見に行ったね。大きな音に驚いたよね。

突然の雨にびっしょり濡れて走ったね。桜の木の下で雨宿りしたね。

夏の終わりの風に気持ち良く吹かれて笑ったよね。百日紅の花が揺れてたっけ。

いつもの散歩道で金木犀の香りに驚かされたね。頭の上で咲いていたよね。

銀杏の葉で黄色く染まった歩道を歩いたね。

風の音と転がる落ち葉のかさこそという音を聞いたね。君は焼き芋が大好物だよね。

白い雪の中を転げ回って冷たい雪の球を投げたよね。君の鼻に白い雪が付いたっけ。

ずーっと前、よくキャッチボールをしたよね。ボールに砂が付いてざらざらしていたね。君はいつまでも遊ぼうと言ったね。

まるで昨日のことのようだね。

春夏秋冬、楽しい時間は駆け足で過ぎたね。

いつも、いつも、君と一緒だった。

歩きながら目も耳も鼻も、体中の毛穴もみんな開いてすべてのものを感じていたよね。

君と歩いた日々。思い出が溢れてくるね。

とても素敵な君との散歩。

54　初詣の帰りに

デイサービスが始まったので五日に夫と熱田神宮に初詣に行った。割と空いていてお詣りもスムーズに出来た。本殿の裏をぐるっと回るこころの小径を通り、清水社の脇を通って表に出た。おみくじを引き、御札と破魔矢を買った。おみくじは私が中吉、夫が大吉だった。なんかいいことあるかな？　神宮会館で恒例の宮きしめんを食べて、お土産のきよめ餅を買った。

次男が駅の反対側に新しい商業施設が出来たと言っていたので早速行ってみた。コーヒー店、雑貨店、百均と色々なクリニック、飲食店と美味しそうなパン屋などが入っていた。コーヒーショップでコーヒーを飲もうということになった。結構混んでいたので、夫にアイスカフェラテを頼んで私は席を探して回った。やっと帰り支度をしている人を見つけて、要領よくきよめ餅をテーブルに置き夫を探した。

カウンターに数人が並んでいたが見あたらない。外のテーブルの方に出て見たがいない。せっかくテーブルが見つかったのにいない。その後、店の一番奥の窓際の席と外のテラス席の端を三回は行き来した。歩き回った後なので早く座りたかった。それにしても夫はどこに行ってしまったのか？　イラっとしてスマホのことはすっかり頭から抜け落ちていた。情けなくなって、疲れてしまって、嫌になってしまった。「もう、家に帰ろう！」と決意してテーブルに置いたきよめ餅を引っ掴んだ。

テラスの方へ歩き出すと後ろから「おうい、席あった？」と呑気な声がした。「どこへ行ってたの？」私が険しい声で問うと、のんびりと「コーヒーを待ってたんだよ。あんたのアイスカフェラテがなかなか出来なくてね」と言う。「だって、三回はあそこ通ったのにいなかったもん！」とむくれた。クスッと笑って「あんたねえ、自分の旦那さんが解らないの？」これには、言葉に詰まった。

夫は、コーヒーを二つ手に持っている。そんな恰好でどこへ行くというのだろうか？　夫は暑がりで滅多に着ないダウンジャケットをその日は着ていた。それに帽子を被っていた。いつもと雰囲気が違っていた。それでも、それらのものは以前に私と一緒に買って、私が今日着るように揃えて出したものだった。

全く、どうなっているのだろう？　自分の夫が見分けられないとは……。

そして、それを夫のせいにして怒っているのだからどうしようもない。

私は深く反省した。

これを教訓にして「夫を疑うより先に自分を疑え！」と念じておこう。